千人怪談

エブ

竹書房文庫

カバーイラスト　ねこ助

千人怪談

目次

※本書は、小説投稿サイト〈エブリスタ〉が主催する「最恐怪談コンテスト」の入賞作及び優秀だった作品を編集し、一冊に纏めたものです。

冷えた指先

今野綾

山深いそこは、至るところ白と言う白で上書きされた世界。

通りがかった小学校の校庭は、ただの白いキャンバスにしか見えなかった。

五十年近く都会に住み続けている大野にとって、こんな雪道は初めてのことだった。

まばらに散在する古い民家に目を凝らしていく。

ネットには民宿の写真も載っていたが、こんなに全部の建物が似ているとは想定外だ。

赤い屋根の平屋、視界に入る家すべてがほぼそれなのだ。

大野はこの地域で行われる「かまくら祭り」をぜひ見たいと思ってここまで来た。

バケツサイズのかまくらは、夜になると灯りがともされ、川沿いに並んだそれはまるで天の川のように美しいのだ。

祭りの時だけ営んでいるという民宿を見つけて、嬉々として予約をいれて今向かっているところだった。


地図ではこっちのはずだが……。

そう思いながら路地だと思われる道を見つめた。

民家と民家の間、雪の吹き溜まりのようなそこを視線でたどれば、離れた場所に赤い屋根の一軒家が建つ。

スニーカーを見下ろしてから、もう一度道を見る。

長靴を用意すべきだった。

大野はため息を吐きながら、吹き溜まりの真っ白なそこへとざくざくと足を大きく持ち上げて入っていった。


想像以上に険しい道だった。

あんなに寒かったのに体は少し汗ばみ、足は侵入してきた雪で冷たさを通り越して痛かった。

家の前まで来てから振り返ると、自分の足跡だけが白い雪の野原に道しるべのように残っていた。

もう少し調べてから予約すべきだった。

後悔をしつつも、家の戸を叩く。

「ごめんください！　今夜お世話になる大野ですが、いらっしゃいませんか？」

シンと静まった家に問いかけると、家の中から「はいよぉ」と言う老人の声が聞こえた。

これで家が違ったら最悪だったので、大野は胸を撫でおろして戸が開くのを待った。

じっとしていると濡れた靴下が凍り付いていくようで、小さく足踏みをして玄関が開くのを待った。

玄関は擦りガラスになっていて、あちら側に腰が曲がった人物がいることが確認できた。

扉が開けられ、婆が腰に手を乗せて出迎えた。

「よくおいでなすった」

浅黒い肌で表情を変えるでもない老婆は、大野を一瞥すると体をゆっくりと返して引き返そうとしている。

「ああっと……一晩お世話になります」

慌てて挨拶をして、玄関の中へ入った。

土間というのだろうか、広々としたそこには、段ボールが無造作に詰まれていたり、ジャガイモが転がったりしている。

視線をあげて天井を見上げれば、剥き出しの梁に布の用なものがかかっていて、意表を突いたそれにひやりとした。

人間がぶら下がってるわけないじゃないかと、自分に突っ込みを入れながら凍りついたスニーカーを脱ぐことに尽力する。

廊下を半ばまで歩んでいた老婆が振り返り「こっちだぞ」と、急かした。

靴を脱ぎ、靴下を足から剥がすように取り去ると、それを手にしたまま老婆を追った。

老婆に追いつき、通された居間に頭を下げながら入っていく。

部屋に入った時に老婆が大野の手から濡れた靴下を取って、ストーブを囲う柵にそれをかけた。

その部屋には炬燵があり、その上にミカンが籠に入って山を作っていた。

裸電球に小さな傘が付いていて、部屋を照らしている。

障子は閉じられていて、外にある木が風に揺れる影がゆらゆらと写っていた。

老婆はそこに座れと視線のみで大野に伝えてくる。

大野は素直に従った。

本当は濡れたズボンが気になって座りたくなかったのだが、有無を言わさぬ雰囲気に従わないといけない気がしたのだ。

足を入れてみたそれは掘り炬燵だった。

これなら、足を入れていればズボンが乾くかもしれない。

老婆は部屋から出ていったが、直ぐにポットと盆に乗せた急須や湯呑を持って戻って来た。

カチコチと音がするので、見上げると懐かしい振り子時計がかかっていた。

午後三時か。

その割に暗く感じるのは障子が閉まっているせいだろう。


「寒かったじゃろ」


老婆は独り言のように言いながら、急須にポットからお湯を注ぐ。

ジュジュっとポットは押されるたびに鳴った。

「ええ……予想していたんですけど。とにかく炬燵が暖かくてありがたい」

お湯を注ぎ終わった急須を持って、やっと老婆が大野のはす向かいにしっかりと座って頷く。

「こんな日は炬燵がええ」

カチコチと鳴る時計とがさがさと家の外にある木が騒ぐ。

「昔から、この辺はどこの家にも掘り炬燵はあったんよ」

老婆は急須をじっと見下ろしながら話し出す。

「掘り炬燵って言うんは、夏の間は畳をかぶせておくんよ。そりゃ、ぴったりと作られた畳をな」

そこまで言うと、急須をゆっくり二回回した。

「ある夏、鈴子って幼い子供が行方不明になってな」

回された急須を二個並べられた湯呑に斜めに翳す。

すると緑色の液体が湯気を上げてこぼれ落ちてきた。

「どこを探しても見つけられんでな……。五歳の小柄な女の子だったから、そう遠くは行っておらんじゃろって話になって、近い川やら林の中を大人たちで手分けして探し回ったんよ」

急須を下ろすと、湯気の上がった湯呑を一つ大野のほうへと移動させた。

大野はペコリと頭を下げた。

「しかし、どうにもこうにも見つからんで……親も泣く泣く諦めるより他なかった。そしてその年の冬、鈴子がやっと見つかったんは村の集会所にある掘り炬燵の中」

手まですっぽり炬燵に入れていた大野の背をぞくっと寒気が走った。

「子供の力じゃ畳は上げられんと思っておったが、どうやら上げられたらしい……小さな躯は掘り炬燵の狭いスペースで丸くなって見つかったんよ。もちろん、小さいながらに出ようとしたんだろうな、あっちこっちひっかいた跡が見つかって……大人たちはその傷跡に涙を流した」

老婆はなぜか滔々と話して止まらない。

「暗くて怖かったろう……可哀そうなことだとね」

そこまで話すと、老婆は自分の湯呑に皺の沢山入った手を持っていき、そっと包み込んだ。

「その年から、この集落では掘り炬燵は全部埋めて使わんようになったんよ。二度とそんなことが起こらんようにな」

血の気が引いた顔で、大野は自分の下がっている足を強く意識した。

膝から下は確実に床より下にある。

「……ここ以外の掘り炬燵を埋めたんですか？」

老婆は湯呑を包んだままゼンマイ仕掛けの人形のようにゆっくりと顔を大野に向けた。

「ここの？　ここだって掘り炬燵じゃなかろうよ」

大野は頬をぞわぞわと何かが走っていく気がした。

自分の足は確かに下がっている。

驚愕の表情になった大野を見て、老婆が皺で隠れていた瞼を見開いた。

「あんたもしや『掘り炬燵』に入っておるんか！」

老婆の顔にも驚きが走ったのを見て、大野は大人になって初めて恐ろしさに泣きたくなった。

確実に足は下に下がっている。

掘り炬燵になっているのは思い違いじゃない。

老婆が大野を見つめたまま「足を……ゆっくり出すんじゃ。慌てるな、ゆっくり」

とやや震える声で言う。

大野は唾を飲みこんで、じりじりと尻を後退させていく。

老婆が般若心経を唱えだすから、大野はますます恐ろしさに泣きたくなった。

「……照見五蘊皆空《しょうけんごーおんかいくう》……」

低い経を耳にしながら、これはなんの冗談なのかと大野は表情をこわばらせる。

老婆に騙されて、笑われているのだろうか。

しかし真剣そのものの祈りが恐ろしくて、じりじりと炬燵から体を引き離していく。

「たまにいるんじゃよ。炬燵を掘り炬燵だという人間が。きっと、呼ばれておるんよ、鈴子に……鈴子が生きていれば、あんたくらいじゃろうから、友達が来たと思ったんじゃろ」

老婆はちらっと大野を見てから、また続きを唱え出す。

大野は膝が出てきて、やっと炬燵から足をほぼ出し終えて、息をついた。

そして、炬燵布団をめくって体を全部出そうとした。

「ひっ」

めくった炬燵布団の奥に光る瞳を見て、驚きのあまり大きな悲鳴が漏れた。がさがさっと音を立てて、中から真っ黒な猫が姿を現した。

「ああ、ミーコか。驚かせおって」

老婆が出てきた猫の後姿を視線で追って大きく息を吐いた。

「かまくら祭りも元々は鈴子の為に暗いんは可哀そうだって言って始まったんよ。小さなかまくらが集落を照らしてくれるだろ？」

そういって、老婆は立ち上がった。

老婆が出てめくれ上がった炬燵布団の奥を、大野は腰を抜かしたまま、見てしまった。

確かに、そこは平らな床が続いている。

掘り炬燵ではないことにもう一度寒気が走って、生唾をごくりと飲み込んだ。

先ほどまで足を入れていた場所は何処だったのか、答えはないまま、まだ湿ったズボンが肌に付く。

怖くない、こんなことなんてことない……繰り返す大野はカチコチと響く時計の音を耳にしていた。

ストーブに掛けられた靴下を掴むと、履かなくてもいいのに、パニックになりながら靴下を履いていた。

「帰るんか?」

大野は掛けられた言葉に振り向くことすら出来ず、上擦った声で「きゅ、急用が……」と、返した。

「そうか……」

残念そうなそれに背を向けたまま、一目散に屋敷を出た。

家を出ると、遠くの方に光の筋が見えた。
それを目指して無我夢中で雪を掻き分け、転がりながら進んでいった。

行きに見た小学校の辺りまで来ると、マフラーで頭まで包んだ老人に出くわした。
「あの……あの……山を降りたいんですが、バスはまだありますか？」
大野が息絶え絶えに問うと、その老人は腕時計を見て「最終がまだあるだろうよ」と答えた。

そして、雪まみれの大野に顔をしかめる。

「兄さん、凍傷になるぞ。替えがあるなら乾いたものに着替えてけ」

大野は老人に「ありがとうございます」と言い残して、逃げるようにバス停を目指した。

雪深い集落を一時間もせずに後にした時、大野は痛む足先から靴下を取り除きながら、一人バスの中で安堵の涙を流した。

何が幻覚だったのか分からない。

ただ一つ、確実なのは……あの目は猫の目などではなかった。

足の指先は熱をもったようにジンジンとしていることになぜだか少しホッとした。

禁漁区

東堂薫

康雄の実家は清流の美しい山のなかにあった。

仕事のために都会に出たので、めったに帰らないが、子どものころから釣りをするのは好きだった。今でも、たまに帰省すると、釣り道具を持って川へ遊びに行く。

あれは二年前、盆に有給をかさねて、少し長めに実家へもどったときのことだ。ちょうど鮎の解禁中だった。

康雄は朝から釣りに出かけたが、思うように釣れなかった。

川で、たまたま、幼なじみの邦彦に出会った。

「よう。やっちゃん。元気か?」

「ああ。おまえは？　くにちゃん」

「見てのとおり元気だよ」

「それにしても、釣れないなぁ」

「ここらは釣り人も多いからなぁ。鮎も警戒してるんだ」

「まあ、そうか。こうして見ても、人が増えた気がするなぁ」


以前は何もない山奥だったが、近くにバイパスが通ったせいか、遠くから来る釣り人が増えたようだ。


すると、小さな声で、邦彦が言った。

「竜の岩淵に行けば、いくらでも釣れるぞ」


康雄はギョッとした。

竜の岩淵。

それは、このへんの者なら知らない人はいない、地元では有名な心霊スポットだ。

なんでも大昔に、そこで竜が退治されたとかで、むやみに近づいてはいけない場所とされている。

その淵で釣りをすると祟られるという言い伝えがあった。


「何を言ってるんだ。あそこは、ダメだろ」

「大丈夫だよ。去年も行ったけど、なんにも起こらなかった。ただの迷信さ」

「ほんとか？」

「これから行ってみよう」


まだ、昼の四時前だ。時間はある。歩いていっても三十分とかからない。

康雄は邦彦に誘われて、竜の岩淵へむかった。


川をさかのぼっていくと、まわりを山並みにかこまれた滝つぼがある。大きな岩がゴロゴロころがっていて、徒歩以外では近よれない。観光客には、まず知られていない穴場だ。

木々がうっそうと茂り、昼でも薄暗い。

滝はさほど大きくないが、水流はあって、そのせいか、妙に冷んやりした。

最初は誰かに見られているような気がして、ビクビクしていた康雄だったが、透きとおるような清水がうずをまく滝つぼに釣り糸をたらすと、まもなく、あたりが来た。

バカみたいに次々と釣れる。康雄は我を忘れて釣りまくった。

一時間もたっただろうか。

気がつけば夕方になっていた。

山合いの日没は早い。西の空が赤くなると同時に急速に暗くなる。

名残惜しいが、そろそろ帰らなければと、康雄は思った。

イヤなウワサのある場所だ。たとえ迷信とはいえ、夜になるまでに去りたかった。

「おい。くにちゃん。もう帰ろう。日が暮れる」

ところが、邦彦は笑ってとりあわない。

「まだいいだろ。ぜんぜん、釣りたりねえよ。それとも、やっちゃん。ビビってんの？
あいかわらず、おくびょうだなぁ」

からかわれると腹が立った。
それに、たしかに、まだ満足できない。もう少し釣っていたいという気はした。

すわりなおして、釣り糸をたらす。
日はみるみる落ちていき、あたりが薄闇に包まれる。
気の早いフクロウが、ホウ、ホウと鳴き始める。
チリチリと虫の声もした。

そのなかでも滝つぼの水音が一番激しいのだが、なぜか、康雄は近くに人の気配を感じた。というのも、耳元で、フウフウ、フウフウと、息づかいが聞こえるのだ。

ふりむいてみても誰もいない。

気のせいかと思い、また水面に視線をもどすのだが、しばらくすると、フウフウ、フウフウ、荒い呼吸の音がする。

ザワザワと風も出てくるし、闇はどんどん濃くなるし、康雄は、どうにもガマンならなくなった。

「おい。くにちゃん。帰ろう。おまえが帰らないんなら、おれは一人でも帰る」

立ちあがって釣り竿を片づけ始めたときに、ようやく、康雄は気がついた。

フウフウ言ってるのは、邦彦だ。

暗がりのなかに白目が浮かびあがり、じっと前を見ながら、フウフウ、ハアハア、息をついている。

「おい、くにちゃん！　どうしたんだ？　ぐあいが悪いのか？」

康雄が肩をつかんでゆすっても、邦彦は前を凝視したまま動かない。

何かあるのかと思い、邦彦の視線のさきをたどっても、ただ暗い滝つぼがあるだけだ。

なんだかわからないが、ただごとじゃない。

康雄は自分のぶんと、邦彦のぶんの釣り具を片づけると、邦彦の手をひっぱって、どうにか立たせようとした。

「くにちゃん。帰ろう。ここにいちゃダメだ」

すると、とつぜん、邦彦は康雄の手をふりきり、ニッと笑った。ニタァと歯を見せる顔つきが、どうも正気じゃない。

「おい。邦彦。どうしたんだよ？　大丈夫か？」

問いかけるものの、康雄の声はふるえていた。

どうにも、いつもの邦彦とは思えない。

別人のようだ。

邦彦はケラケラ笑いながら、クーラーボックスにとびついた。そして、そのなかを泳ぐ鮎を両手でつかまえると、生きたまま、頭からかじりだした。

あたりに血がとびちった。

なまぐさい匂いが、むせかえるように充満する。

康雄は腰をぬかした。

足がワナワナふるえて、はうこともできない。

バリバリ。ガリガリ――

みるみる十匹あまりの鮎を食べつくした邦彦が、康雄を見た。口元は真っ赤で、ギラギラ目が光り、野獣のようだ。

何事か、ブツブツ言っている。

康雄が耳をすますと、それは、こう聞こえた。

「足りない。まだ、足りない……」

赤く光る目で、康雄をにらむ。

こいつ、おれを食う気だ――そう思ったとたん、足が動いた。

康雄は悲鳴をあげて逃げだした。

翌日。
滝つぼに沈む邦彦が見つかった。
その遺体を邦彦だと見わけるのは難しかった。
たった一晩で、体の肉のほとんどを、魚に食われていたから……。

以来、康雄は、めっきり釣りをやめた。

やすお

松平キャミー

小学四年の二学期始業式、やすおは田舎の学校から転校してきた。人が集まっていたのも最初だけ、いつも下を向き、人と目を合わそうとしない奴で、口数も少なくすぐに孤立するようになった。運動も勉強も苦手、ボロボロな服で、僕は子供心に「貧乏な家なのかな」と可哀想に思っていた。

「やすお！」

たまたま、帰りの時間が重なり、一緒に帰るために声を掛けた。やすおは驚いていたが、うつむいていた顔は少し嬉しそうだった。帰り道では、相変わらずやすおは話をしなかったが、僕の話をうつむきながら「うん、うん」と聞いていてくれていた。

やすおは休みが多かった。週に二、三日ほど休みがあり、家が近い僕は手紙などが入った連絡帳を届ける係になっていた。担任から、

「悪いな……。やすおはお母さんもお父さんもいないんだ。おじいちゃんとおばあちゃんと三人暮らしでさ。お前がいてくれることが、やすおにとって大きな心の支えになっているはずだよ」

と、聞かされていた僕は、嫌がることなく連絡帳を届けに行った。やすおの家は、とても古いアパートで、周りが雑草で覆われていて昼でも薄暗い。隣の部屋は空き家のようだった。

——トントン、トントントン。

インターホンのない家なので、毎回ドアをノックするが応答はない。ポストに連絡帳を入れて帰るのが、僕の仕事だった。

ある日、やすおが休んだ日、ノックをするとドアが開いてやすおが出てきた。

「一緒に遊ぼう」

僕は少し不気味な感じがしたが、やすおを元気づけてあげたい一心で家の中に踏み入れた。家の中は物がなく、人が住んでいるとは思えないほどガランとしていた。

「家の人は？」

「……もう、いないんだ」

やすおは寂しそうにつぶやいた。僕はこの時、「今、いないんだ」と聞き間違えたんだと思っていた。

やすおは笑顔こそないがよく話し、昔の家族写真を見せてくれたりして、楽しい時間を過ごした。

「あ、もうこんな時間……」

僕が時計を見て立ち上がると、

「……帰るの？　今日、泊まっていかない？」

この時、初めてやすおが僕の目を見たような気がする。悲しそうな、深い穴の底に吸い込まれそうな不思議な瞳だった。

「ごめん、今日はお母さんに言ってないから無理だよ」

そう言って、扉を開けようとすると、

「ちがう!!」

叫ぶようなやすおの声。僕は体が飛び上がるほど驚き、全身に鳥肌が立った。

よく見ると、そこは玄関に続くドアではなかった。

「あ、ごめん……。ここは違う部屋だったんだね」

「……うん、そこには入らないで」

妙に落ち着いた声は、絶対に入ることは許さないぞ、というような静かな圧力が感じられた。僕は怖ろしいほどの寒気を感じていた。

「明日は来いよな」

僕はやすおと約束を交わし、真っ暗になった玄関から走って外に出た。家に帰るまで、寒気がずっとおさまることはなかった。

次の日、やすおは学校を休んだ。

(昨日、約束したのに)

嬉しそうに家族写真を見せてくれるやすおの顔が思い浮かんだ。放課後、僕は担任の先生に呼ばれて職員室に行った。

「ここ最近、やすおの家と連絡が取れないんだよ。昨日はやすお、家にいたか?」

「いましたよ。昨日、やすおと遊びました」

僕の言葉に安心した担任の先生は、「今日は先生も一緒に行くかな」と言って、連絡帳を持って一緒に学校を出た。

「やすおの側にお前がいてくれて本当によかったよ。やすおも友達作るのが上手じゃないからさ。ありがとうな」

先生はニコニコと僕を褒めてくれた。やすおの家に着くと、先生はコンコンとドアを叩いた。

「こんにちはー、こんにちはー。やすおー、やすおいるかー？」

だんだんと声が大きくなる先生の声、家の中からは物音は全くしない。

「いなそうだな」

先生がそう言ってドアノブを回すと、鍵は開いていた。

先生は「ごめんくださいー」とドアを開けた。四時過ぎでまだ明るかったはずなのに、急に薄暗くなってきた。

先生はもう一度「ごめんくださいー」と言ってから、靴を脱いでゆっくりと中に入っていった。薄暗い家の中に僕も先生の後をついて入っていく。

「いない……」

昨日、やすおと話をして過ごしたリビングは、ひっそりと静まり返っていた。

「昨日はいたんだよな？」

先生の言葉に、うなずく僕。ふと、ひらりと何かが落ちた。昨日やすおが見せてくれた家族写真だった。写真のやすおはおじいちゃんとおばあちゃんと笑っていた。

「あの部屋は？」

先生が指さした先は、昨日僕が間違えて入りそうになってしまった部屋。その部屋から異様な空気が流れているような気がした。踏み込みたくない。僕の感覚がその部屋に行くなと言っているようで、足が全く動かなくなった。

先生も僕と同じだったようで、足取り重く、ゆっくりゆっくりと部屋に近づく。

――――ガチャン……、ドン。

ドアが勢いよく開くと、何かがドアから現れて倒れて大きな音を立てた。

「見るな!!」

先生の叫ぶ声が聞こえたが、僕の脳裏には、やすおが血だらけでこちらを見ている顔が深く刻まれた。昨日見た、悲しそうで、深い穴に吸い込まれてしまいそうな瞳。やすおは死んでいた。

後から聞いた話では、その後に警察やらなんやらが来て、かなり大変だったようだが、僕が覚えているのはやすおの顔だけ。部屋の奥にはおじいちゃん、おばあちゃんの遺体があり、どうやら無理心中だったようだ。
そして、次の日、警察に呼ばれて僕は話を聞かれた。

「大丈夫かな？　つらいよね……」

僕の精神面を気にしながら、言葉を選ぶように話をしてくれるのが分かった。

「やすおくんの家に連絡帳を届けたりしてくれてたんだってね。ありがとう。一昨日、やすおくんの死を目にした前の日、一緒に遊んでくれてたんだよね」
「……はい」

僕は警察の人に、やすおと何を話したのか、どんな様子だったのかを詳しく話した。
そして、最後に「本当に一昨日なんだよね」と念を押されて帰された。

帰る途中、付き添ってくれた先生から聞いたことに僕は背筋が凍った。

「やすおのことだけどさ……、警察が言うにはな、間違いなく死後二日は経っていたそうだ」

僕が見たあの日のやすおは何だったのだろう……。

「泊まって行って」と言ったやすお、もし僕が泊まっていたら……。

蛆

渡辺佐倉

うちのお母さんは少し変わっている。

雲一つない快晴なのに突然洗濯物を取り込み出したかと思うとそのわずか数分後にゲリラ豪雨っていうの？　ものすごい雨が降ってきて私が驚いていると、お母さんは窓越しに流れ落ちる水滴を見ながらさも当然のようにこちらを見た。

そんな母はご飯を食べない。
ご飯っていうかお米。
餅や煎餅は食べるから糖質制限とかそういうんじゃなくて単に嫌いってことなんだと思う。

「お母さんってなんで、ご飯食べないの？」

「……だって、蛆みたいじゃない」

お母さんは時々意味の分からない事を言う。

「流石に、虫と米は間違わないでしょ」

さすがにあり得ない。虫みたいに見えるから食べないって子供でもそんな事あんまりしないと思う。

「でも、むせちゃってせき込んだ時に出てくるのは大体いつも蛆なのよ」

「ちょっと待って、何言ってるのお母さん」

やっぱりお母さんは何を言っているのかまったく分からなかった。

◆

そんな話をしてしばらく経って、お母さんが風邪をひいた。
私が小さい頃からお母さんは風邪を引いたことなんて見たことが無かった。
赤い顔をしてベッドで寝ているお母さんに飲み物を渡す。

「ありがとう」

そう言ってお母さんはコップを受け取る。
一口二口、口を付けたコップをベッドサイドに置くとお母さんはせき込んだ。
ゴホ、ゴホ、ゴボ。

粘着質な音がする。
咳をするときに当てた手が離れると白い粒が付いている。
さすがに具合が悪い時にはおかゆとかを食べたのかと思った。

違う。
お米なんかじゃない。

蛆だ。
お母さんの手の上を蛆がのたうち回っている。
何匹も何匹も白い虫がニョロニョロと手の上を這っている。
見間違いなんかじゃない。
くの字に曲がっているのもよく見える。

なんだこれは。
お母さんは驚いてもいないし別に普通だ。

普通にティッシュをとって、普通に手を拭いて、普通に捨てた。
まるでそれが普通の事であるような動きが、表情がとても恐ろしい。

「え？　今の何？」

私が聞くと、お母さんはまるで当たり前のように「たまにあるのよ。お腹の中から蛆が出てくることが。後、爪を切ってると爪の隙間からも出てくるわよ」と言った。

それで、唐突にこの前お母さんが話していた話を思い出した。

あれは、何かの比喩でもなんでもなく、本当に蛆と間違えるから気持ちが悪いと言っていたんだ。

「何かの病気とかじゃないの⁉」

「ちゃんと検査してもらったよ。どこも異常なし！　見間違いなんだって」

お母さんは風邪をひいて少し赤い顔で言った。

だって、見間違いの筈がない。私にもちゃんと見えていた。

「お母さん、今捨てたティッシュ貸して！」
「いやよ。蛆がいてもいなくても気持ち悪いでしょ」

お母さんはそれだけ言うとまたベッドに横になってしまった。
それを呆然と見つめいたけれど、ティッシュを拾いに行く決心はつかなかった。

お母さんの言う通りだ。
そこに蛆がいてもいなくても、どちらにしても嫌な気持ちになることは変わらない。
もう既に嫌な気持ちだけれど、それでももうこれ以上気持ち悪くはなりたくない。
深く考えるのが嫌で、そっと寝室を出た。

その後、お母さんが相変わらず蛆を吐き出してるのかは知らない。

でも、相変わらずお母さんは少し変わっている。

ダンさん

青山藍明

伍代さんは、鳥が好きでも嫌いでもなかったが、息子の悠人《はると》くんに起きた「あること」をきっかけに、鶏肉も口にできないほど、嫌いになってしまったそうだ。

ある日、悠人くんがシャツの胸元と、頬に茶色いものをくっつけて帰ってきた。ふわりと甘辛い、砂糖と醤油を煮詰めたようなにおいがした。

「ウナギの蒲焼きみたいなにおいでした、お菓子とはちょっとかけ離れたにおいでしたから、よく覚えているんです」

そう付け加えながら、自分の鼻を指さしつつ、伍代さんは続けた。

悠人くんは、ランドセルを背負ったままだった。ということは、学校帰りに誰かの家に寄ったか、寄り道して買い食いでもしたのだろうと、伍代さんはそう思った。

もし前者なら、なにかお礼の品を持って行かなくてはいけないし、後者なら買い食いをしてはいけない、家でおやつを食べるようにと言い聞かせなくてはならない。

「悠人がそんなことしてきたのは、初めてだったので、焦りはしましたが厳しく問いただしてはいけないと深呼吸してから、訊くことにしました」

ランドセルを預かり、手を洗わせ、リビングにあるソファーで伍代さんが用意していたおやつの焼きドーナツを食べようとしていた悠人くんを、「ちょっと待って」と制し、伍代さんは隣に座った。

「ねえ悠人、ママに隠していることない？」

優しく、ゆっくりと問うと悠人くんは目をぱちぱちとさせた。隠し事があるときの、悠人くんの癖だった。

「ほっぺと、シャツについている汚れはなあに？　誰かになにか、ごちそうになったの？」

悠人くんは、こくこくと首を縦に振った。

「そう、じゃあ誰かにごちそうになったのね。お友達かな？」

悠人くんはまた、同じ仕草を繰り返した。入学式をはじめ、授業参観、運動会、いろいろなイベントで見かける、悠人くんと仲がよい同級生の顔を思い浮かべる。

伍代さんは思いつく限り、同級生の名前を言った。

しかし、悠人くんは「ちがう」と小さい声で言いながら、否定した。

まだ習い事もさせていないから、ほかの小学校に通う友達がいる、という確率は低いだろうと思い込んでいた伍代さんは、悠人くんの答えに、予想を外されて困ってしまった。

「ねえ悠人、じゃあ、ママの知らないお友達がいるの？」

思い切って訊いてみたが、悠人くんは唇をかみしめて答えない。

「ママね、その子に会ってみたいんだ。悠人と仲良くしてくれてありがとう、お礼に、おやつを食べに来てほしいって。ママ、おいしそうにおやつを食べてくれる悠人の顔を見るのが、すごくうれしいの。だから、お友達のお名前、教えてくれるかな？」

かんで含めるように、伍代さんは優しく、悠人くんに諭した。

すると、悠人くんはちいさな声で「………さん」と、ぼそぼそ答えた。

「ん？　だあれ？」

伍代さんが聞き取れず、もう一度問うと悠人くんは「ダンさん」と答えた。

そして、激しく咳き込むと「げぇっ」という低い音のゲップとともに、胃の中のものをぜんぶ、はき出してしまった。

「慌てて抱えて、病院へ連れて行きました。その場で緊急入院することになり、手続きや着替え、家の片付けと慌ただしくなりました」

悠人くんは、熱と脱水症状を抗生物質や点滴でやわらげながら、治療することになった。

「いちおう、先生に悠人が吐いてしまったものをビニール袋に入れてお見せし、調べてもらいました」

結果、悠人くんは「動物性タンパク質」を、生焼けで食べてしまったことによる食中毒と判明した。

「吐いたもののなかに、黒い羽根のようなものと、くちばしや爪のかけらみたいなものが、混ざっていたそうです。スーパーで売っている鶏肉や、焼き鳥には、そんなものはないし、いったいどこで口にしたのか、わからないまま悠人に付き添いました」

熱と、腹痛に苦しむ悠人くんの手を握りながら、伍代さんは「ダンさん」という名前が引っかかっていた。

「ダンさん、なんて名前の同級生は知らないし、心当たりもありませんでした。あだ名みたいなものかしら、といろいろ考えてはみましたがどうしても、思い浮かばなかったんです」

それよりも、悠人くんが回復するほうが優先だと、ダンさんの件はひとまず保留にしようと決めた。

週明け、ようやく退院できた悠人くんは、まだふらふらしてはいるけれど伍代さんとタクシーに乗り、自宅へ帰った。

車窓で、いつも行く公園を見かけて悠人くんが「ダンさんがいる」と、つぶやき、窓に両手をぺたりと貼り付けた。

「どこにいるの？」

聞き逃さなかった伍代さんは、悠人くんの肩越しに、目をこらした。

ジャングルジムの、いちばん上の部分で骨組みであるパイプに腰掛け、道路側を見つめているものがいた。

「ダンさん、また鳥を捕まえているのかな。ああやって眺めるだけで、ダンさんのところに、鳥が落ちてくるんだ」

「そ、そう…………」

悠人くんは、「ダンさん、バイバイ」と手をふり、通り過ぎる公園を名残惜しそうに、眺めていた。


ダンさんが、かくかくとぎこちなく、身体を震わせたように見えた。


伍代さんには、「ダンさん」が、「誰か」というよりも「何か」という言葉であらわしたほうが、しっくりくる印象を受けたという。

「顔が大きくて、丸く縦長で、鳥よけに使う風船みたいでした」

「じゃあ、顔のパーツ…………たとえば鼻とか、口もなかったということですか？」

「ええ、外側が黄色、内側が赤、中心部は黒みたいな配色で、服装はマントというか、蓑をすっぽりかぶっているような、そんな感じでした」

「お面とかではない、ということですね？」

しつこく訊ねると、伍代さんは「はい」と答えた。

そして、「描いたほうが、わかりやすいと思いまして」と、バッグから財布を取り出し、レシートの切れ端に描いたものを、見せてくれた。

色分けされた、楕円形の頭部に、黒いマント。一つ目の蛇みたいに描かれた「ダンさん」は、顔になる部分に比べると、身体がはるかに細く、バランスが悪い。

失礼だとは思ったが、伍代さんの画力による問題かもしれないと確認したところ、「悠人の教科書やノートのすみにも、似た落書きがされてありました」と、答えがかえってきた。

公園では以前、椋鳥《むくどり》がバタバタと死んでいるのが見つかったそうだ。

いずれもはらわたや目を、くちばしで啄んだ形跡があったという。

「悠人が吐いたものに混ざっていた、爪や足、羽根はカラスのものだとわかりました。血液検査の結果は、幸い、異常なしだったのでほっとしました」

諸説あるが都市部では、カラスは椋鳥にとって天敵になるそうだ。

それと関係あるのだろうか、と、なんとなくつなげたくなってしまった。

「あれから、鳥はもちろん、鶏肉も苦手になってしまって………、夫も悠人も唐揚げが大好きなので、申し訳ない気持ちでいっぱいです」

街路樹に集まる椋鳥を見て、伍代さんは眉間にしわをよせた。

退院して数日後、悠人くんは、「ダンさん、友達と、遠くに行っちゃった」と寂しそうに言った。

近所で椋鳥の糞害、騒音対策として磁石や忌避音を起こすためのスピーカーが設置された時期と、ほぼ同じだそうだ。

映像の中の男

真山おーすけ

一昨日、俺は二十歳の誕生日を迎え、親友の田中がわざわざ誕生会を開いてくれた。

集まったのは、特に仲の良かった高木と美穂と葵。

俺はやっと酒が飲めるようになり、調子に乗って飲み過ぎてしまった。

おかげで俺は、早速二日酔いの洗礼を受けている。

たぶん、他の奴らも同じなのだろう。

大学には、朝から俺しか来ていなかった。


二時限目が終わった頃、教室に田中がやって来た。

田中の顔は青ざめていて、体調が悪そうだった。

「田中！」

俺が手を挙げると、田中は神妙な顔つきで俺の元にやってきた。

「なぁ、お前に見てほしいものがあるんだ」

田中はめったに見せない真剣な眼差しで俺を見た。

「なんだよ？」

「昼休みになったら、少し時間くれ」

「今じゃダメなのか？」

「そうだな。時間に多少余裕がある方がいい」

「そうか。わかったよ」

そう言うと、田中はいつも通り俺の前の席に座った。


昼休みになると田中は、バッグの中からビデオカメラを取り出した。

「一昨日、お前の誕生日会をやったろ」

「あー、あいつら勝手に帰りやがって！」

「あの時、俺が記念にお前らをビデオ撮影していたんだけど、家に帰って録画を見直したら、ちょっと変なものが映っていたんだ。それを見てくれないか」

そう言うと、田中はビデオカメラの再生ボタンを押した。

それは、居酒屋の場面から始まった。

「タカシ誕生日おめでとう！」

葵の一声で乾杯が始まる。

予約しておいた席の周りには、見知らぬ男女や仕事帰りのサラリーマンが普通に映っている。

その中で、俺達は次々と運ばれてくる酒や料理を楽しみながら、盛り上がっている様子が映っていた。

「別に、おかしいところなんてないだろ？」

「もう少しで映る。ほら、ここ！」

そう言って、田中は突然ビデオカメラの一時停止を押した。

「この男だ。こいつ、ずっとこっちを見てる」

停止した画面には、酒を飲みながら大笑いしている俺達が映っている。

田中が指を差す先、俺達から少し離れた奥のテーブルに、一人で座っている中年のサラリーマンらしき男が映っていた。

確かに、男はこちらをじっと見つめているように見えた。

「俺達がうるさかったからじゃないか？」

「お前、この男を店で見たか？」

「覚えてないよ。他の客の事なんて。気にし過ぎじゃないか？」

「ずっとなんだよ。こっち見てるの」

そう言って、田中は再び再生ボタンを押した。

田中が言う通り、確かに映像に映っているその男は微動だにせず、何かを飲んだり食べたりしてる様子もなく、ただただビデオカメラの方をじっと見つめていた。

男の顔は、ズームにしてもよく見えない。

ただ、男の体の周りにもやもやとした黒い霧のようなものが見え、その姿に気味の悪さを感じた。

「気持ち悪いおっさんだな……」

「それに……、この後なんだけど……」

画面が切り替わると、ビデオカメラ担当の田中も飲み食いに夢中になっていたようで、すでに俺達はかなり出来上がっていた。

映像には、立ち上がる高木の姿が映っていた。

ビデオカメラがトイレに行くという高木の姿を追うと、高木の後頭部には黒い靄がかかっていた。

そして、高木の奥にチラリと、あの中年の男らしき姿が映った。

この後、高木はいくら待ってもトイレから戻って来ず、見に行くと高木の姿はなかった。

結局、高木は先に帰ったのだと思い、俺達は居酒屋を出たのだった。

携帯の留守電に高木から、『気分が悪くなったから先に帰る』と入っている事に気づいたのは、家に着いてからだった。

映像は、カラオケボックスに移り変わった。

ミラーボールの照明の下で、俺や葵がノリノリで歌っていた。

美穂は歌が苦手な為か、ただただ聞いていた。

ビデオカメラが俺達を映した後、美穂にカメラを向けた時だった。

美穂の奥側に、またあの中年の男の横顔が現われた。

男は自分が撮られていると気づくと、ゆっくりビデオカメラの方を見つめた。

鼻から上は暗くて見えないが、口元を見る限りは無表情だった。

「なんで、ここに知らない男がいるんだよ！　気づかないなんておかしいだろ‼」

俺はその映像を見て叫んでしまった。

「いなかったよな……。いたら、絶対に気づくはずだ」

「なんなんだよ、こいつ」

その後も、美穂を移す度にその男が映り込んだ。

あの時は気づかなかったが、ビデオカメラに映る美穂の様子が徐々におかしくなっていった。

口元を手で覆ったかと思えば、頭を垂らし前後に揺れている。

かと思えば、そのまま眠ったように動かなくなった。

「美穂ちゃん、大丈夫？」

田中の声が聞こえた。

美穂はビデオカメラの方に少しだけ顔を傾け「わたし、帰る」と言って、外に出て行った。

「おい！　勝手に帰るなよぉ」

という俺の声が聞こえる。

部屋を出て行く美穂の背中には、黒くもやもやとしたものがついていた。

そして、ビデオカメラの視点が部屋の中に戻ろうとした時、ドアガラスの向こうにあの男が映ったのだった。

「おい……、美穂について行ったって事か？　あいつ、大丈夫かよ！」

「大丈夫だと思う。美穂は……」

「どういう事だよ……」

「まぁ、続き見てくれ」


次の映像では、俺のアパートの前だった。

この時、せっかく最後は俺の部屋で飲み明かそうと思っていたのに、田中以外は帰ってしまった事に少し拗ねていた。

葵もカラオケが終わるとすぐにタクシーで帰ってしまい、それを愚痴っている不機嫌な俺が映っていた。

田中は近所に住んでいるため、俺を自宅まで送ってくれた。

「ったく、みんな勝手に帰りやがってー。せっかく、部屋に酒とか買い込んだのによ」

「まぁ、仕方ないさ。俺も、もう帰る。最後に今日の主役。一言どうぞ」

「ま、こんな俺の為に、祝ってくれてありがとう！　嬉しいよ！」

泥酔した自分の姿がこれほどまでに恥ずかしいのかと、ビデオカメラを通してわかった。

「この後なんだけど……」

モニターを見ながら、田中は眉をひそめて言った。

映像の中で、俺は田中に手を振りながらアパートの階段を上りはじめた。

すると、俺の後ろにあの中年の男が現れた。

映像を見た瞬間、俺はゾッとした。

男はビデオカメラの方を見つめながら、階段を上る俺の後をついていく。

そして、ビデオカメラはそのまま二階にある俺の部屋の前を映した。

俺がドアを開けてお気楽に田中に礼を言いながら手を振っていると、その中年の男はスーッと何のためらいものなく俺の部屋の中に入って行った。

その後、俺が部屋に入ると、映像はそこで終わった。

「うそだろ……。あいつ、俺の部屋にいるのか……？」

田中は、何も映っていないモニターをじっと見つめている。

俺は愕然としたまま、どうしていいかわからなかった。


その時、昼休みから戻って来た二人の女子生徒の噂話が聞こえて来た。

「ねぇ、知ってる？　葵さん、行方不明なんだって」

「え、マジ？」

「うん。なんか、隣のクラスの高木君とミホリンなんて、入院したって。なんか、呪われてない？　この学校」

そう言って、他人事のように笑った。

「俺……、あの部屋帰れねぇよ。なぁ、しばらく田中ン家に……」

そう言いながら田中の顔を見ると、田中は真っ暗なモニターを見ながら鼻血を流し、そのまま倒れてしまった。

結局、俺はあの部屋に帰る事が出来ず、もう何週間もネットカフェに泊まっている。

これから先どうなるのか。

考えただけで、頭痛と胃痛がひどくなる。

ハイ、ハイ

上田朝也

中学生の時など、クラスには元気で人気者のような子が一人はいたと思います。

僕が中学一年生の時のクラスにいたのはK君という子でした。

休み時間はみんなを連れてグラウンドに行ったり、授業中も元気な声で挙手したり。

そのK君がその日は学校を休んでいたので、割と仲が良かった僕は「風邪かなー」なんてちょっと気になってたんです。


そんな日にちょっと不気味なことがありました。


普段表に立たないS君が突然「ハイ!」って言って元気よく挙手したんです。

なんだ、別に不気味じゃないじゃんって思うかもしれないですが……。

僕たち、掃除の時間だったんですよ。

「黙々掃除」とかいう習慣がうちの学校にはあったんですが、まあ【静かに掃除をしましょう】ってやつなんですけどね。

そんな中、掃き掃除していたS君がいきなり元気な声で、

「ハイ！　ハイ！」

って言ってずっと挙手しはじめたんです。


みんな最初は「何してるのー」って笑ってて、ある子が声をかけたんですが、それでも挙手をやめない。

そのうち周りの女の子とかが怖がり始めちゃって、僕もだんだん気味が悪くなってきたんです。

誰かが呆れて「もういいからだれか当ててやれよ」なんて言うから、僕が「はい、S君」って彼を指して当ててあげたんです。

するとS君がすっと真顔に戻って何事もなかったかのように掃除に戻ったんです。

もうなんかよくわからなくて、S君に聞いても「覚えてない」って言ってて。

【変なやつ】ってことでその場は終わりました。


帰り道、友達と「あいつ変だったよなー」っていう話になりまして、

「挙手の仕方とかK君そっくりだったわ」

なんて言ってみんなで笑って帰ったんです。

不気味さを笑い話にして紛らわしたかったんですね。


その後プリントとか届けなくちゃならなくてK君の家に寄って行ったんですが、なぜかK君の家の前にパトカーが止まってたんです。

流石にそんなとこを訪ねていく勇気はなかったので、プリントを渡さずにそのまま帰りました。

帰ってお母さんにそのことを伝えると、母さんはK君が昨日から行方不明で警察が調べてることを教えてくれました。

次の日やっぱりK君は休みで、行方不明の噂も結構広まっていたのでクラスはその話で持ちきりでした。

そこに担任の先生が入って来てみんなを静かにさせたんですが、その直後、

「ハイ！」

と元気な声がその静かな教室に響いたんです。僕は凍りつきました。

だって、挙手したの担任の先生なんです。

張り付いたような笑顔で「ハイ！　ハイ！　ハイ！」って。

早く当ててくれと言わんばかりに元気な声が必死な声に変わり「ハイ！　ハイ！

ハイ！」と続けるんです。

流石におかしいからみんな怖がって、泣き出す子も出てきて。

異変に気付いた副担任が教室にきて先生を抑えたんですが、それでも「ハイ！　ハイ！」ってやめなくて。

誰かが昨日みたいに当てたらおさまるかもって思ったんでしょうね
「はい、M先生！」って当てたんです。それでも先生は挙手し続けてるんです。

その時、僕はなぜか不意に言ったんです。

「はい、K君！」って。

そう言って先生を指したんです。

すると先生が「○○公園、男子トイレです！」と言いました。……K君の声で。

その日副担任とその他の先生でその場所に駆けつけたところ、K君の遺体が見つかりました。

その数日後、犯人が捕まりました。誘拐されそうになり、逃げ出したK君は公園のトイレに身を隠したのですが見つかって殺されてしまったと聞きました。

K君は僕たちに自分の居場所を伝えていたんです。

なぜあの時僕はK君の名前を言ったのか、それは事件から何年も経つ今でもわかりません。

父娘

諸葛宙

もうすぐ出産する妻をT県にある妻の実家に送った帰りの事でした。

初めての妊娠でもあるし、色々世話をしてくれ気も遣わない実家で過ごしたいとの事。

私がいない間に何かあったらといつも心配していたので、常に人のいる実家なら私も安心出来ると賛成しました。

その妻の実家で思わぬ歓待を受け、帰りが深夜になってしまったのです。

古い街灯がちらほら並ぶ田舎道を独り車で走っていると、街灯の下で手を上げている男がいました。

この道は歩くには長い一本道、どうしてこんな所に人が居るんだろう？　おかしいな？　と思ったんですが、良く見ると小さな女の子を連れていたので心配になって止まってしまったのです。

するとと近寄って窓に顔を寄せて来るので、窓を開けて「どうしました？」と尋ねました。

「ここまでずっと歩いて来たんですが、思いがけず車のライトが見えたので。この通りを抜けるまでで良いので乗せて頂けませんか？」

父親は三十代前半くらい、ポロシャツにチノパンでキャリーケースを引いていて。娘さんは四才くらい、暗い道が恐いのかな？　父親の足にグッと顔を埋めてしがみついていました。

こんな夜中に暗く長い道を小さな女の子に歩かせるのは不憫に思ったので「じゃあ次の町に出るまで」と二人を車に乗せる事にしました。

トランクを開けてキャリーケースを積み、父親が助手席に座ると、娘さんはその膝の上に乗りました。

ちょこんと座るのかなと思ったら、胸にギュッと抱き着いて、父親の顔をジーッと見詰めているんです。

私は横目でチラチラと、可愛い子だな～こんな子が産まれてくれると良いな～と微笑ましく思いながら運転していました。

するとと父親が突然こう言ってきたんです。

「何かここら辺の事件の事、言っていましたか？」

え？　何が？　と思ったんですけど、すぐにカーラジオのニュースの事だと気付きました。

「あ、つけとくだけで聞き流していたので。何か気になるニュースありました？」

「いえ、特に……」

父親は目を逸らすように前を向きました。

「あ、もしかして車で事故にあったんですか？　それでこんな何も無い道を歩いていたんですか？」

「いえ、最初から車には乗っていませんでした」

まっすぐ前を向いたままこちらを向こうともしません。

……何か違和感あるなーと思ったんです。

いやもちろん今の会話も、こんな何も無い暗くて長い道を小さな子供を連れて歩いているのもおかしいんですけど、もっとこう、根本的な何か。

ピリリリリ。

その時、携帯電話の着信音が鳴りました。

本当はいけないんですけど、運転しながらチェックすると、妻からのメールでした。

『色々終わって今から寝るよ。帰りに通る付近で連続殺人犯が逃走中ってニュースで言ってた。気を付けてね。おやすみ』

車の中に居るのに何に気を付けろと言うんだとクスリとした瞬間、ハッとしました。

さっき父親が何故ニュースを気にしていたのか、それが分かったんです。

知っていればそのまま通り過ぎる事も出来たのに、知らない私はわざわざ止まって、そして乗せてしまった。

……連続殺人犯かもしれない男を。

「何かありましたか？」

父親が携帯電話を覗き込む様に私に訪ねて来ます。

「いえ、妻からです。もう寝るから気を付けて帰ってねと」

急いで携帯電話の画面を隠して答えました。

「気を付ける？　何に？」

「あの、あの……運転にです」

連続殺人犯に。と言えるわけがありません。
「そうですか。なら携帯電話をいじりながらでは危ないですよね」
もう携帯電話は弄れません。連絡の手段は封じられました。
「ですよね」
携帯電話を置いて返事をした時、娘さんと目が合いました。
さっきまで父親をジーッと見ていた目をこちらに向けて、私を見ているんです。
私は反射的にニコっと笑い返したのですが、そこで気付いたんです。
さっきまで原因の分からなかった違和感。
父親は、さっきからこの子に笑いかけていないんです。
それどころか話しかけもしない、目も合わせない。
本当に父親なのか？
どこからか誘拐して来て、今からこの子を……。
そう思う一方で、こうも思ったんです。
知らない大人に、こんな小さな子がこんなにも懐くものなのか？
やっぱり殺人犯は勘違い、この二人は父娘なんじゃあないのか？

気付くと、父親も私の表情を窺う様にこちらを見ていました。

右手が動き、ポケットに手を忍ばせ、何かを握ったみたいに膨らみました。

「運転中にあまり余計な事を考えていると、命を失う事もありますよ」

気付いている。私が何を考えているか気付いている。

いや、考えすぎ。ただ不注意運転を心配しているだけかも。でもやっぱり……。

ああ、乗せるんじゃなかった。止まるんじゃなかった。

自分の軽率さを悔やんでいると、前方に明かりが見えてきました。

町に出たんだ。これで二人を降ろす口実が出来る。

その後で通報しよう。間違ってても良い。この女の子の命がかかっているかもしれないんだ。

そう思ったのも束の間、その明かりが小さ過ぎる事に気付きました。

それは道の途中にポツリと建ったガソリンスタンド。降りて貰うには無理があります。

だって私はそのまま町の方へ向かうのですから、何故わざわざ止まってポツリと孤立したガソリンスタンドに二人を降ろさなければならないのか。その理由が思い付きません。

殺人犯かもしれないから降りてくれ、なんて言えるはずがありません。

嫌な気配がして助手席を見ると、父親が食い入る様な目で私を監視していました。

何もするな。そのまま通り過ぎろと警告する様に。

下手に動いたら私は……。刻一刻とガソリンスタンドは近づき、通り過ぎようとしています。

このまま行くともう入れない、と思った時、トランクからガタリ、と音がしました。

ハンドルを切ったわけでも道路に段差があったわけでもない。

トランクの中のキャリーケースが勝手に動いた様に音を立てたのです。

父親の視線が私から後方へ移り、私はどういうわけか突然閃きました。

「実はさっきからお腹が痛かったんです、もう我慢できない。そこでトイレに寄っても良いですか！」

返事を待たずに急ターン。急ブレーキで止まるやいなや外へ飛び出しガソリンスタンドの事務所に走りました。

「いらっしゃいませー」

カウンターから店員さんの呑気な声が聞こえて来ました。

そして同時にテレビの音声も聞こえて来たのです。

『……容疑者は四才の少女を連れ去ったまま行方をくらまし、未だに……』

テレビの画面にはあの父親の写真が写っていました。

連続幼女殺害事件というテロップとともに。

「アッ!」

店員さんがそう声を上げ、カウンター奥の休憩室に入ってしまいました。

外を見ると、父親、いや殺人犯が車から降りてこちらに歩いて来ている。

店員さんも彼が殺人犯だと気付いたのです。

殺人犯は女の子をおぶって、右手にナイフを持ち、左手でドアを開けて事務所の中に入って来ました。

女の子は両腕を殺人犯の首に巻き付け、頭の横から顔を出し、私を見て……笑っているんです。

怯える私を見てニコニコ笑っているんです！

殺人犯の左手が私の首をグイッと掴みました。

血がこびり付いたままのナイフを持った右手と、二人の笑顔が視界に入りました。

息が出来ず抵抗も出来ず、私の視界は薄れて行きました。

パシャン。

殺人犯の足元に鮮やかな色の液体が飛び散りました。

「通報した！　通報した！　もうすぐ警察が来るぞ！　すぐ来る！」

「ウグぅ！　ウグググぅググ……」

店員さんの警告を聞いた殺人犯は急にくぐもった呻き声を上げてナイフを落とし、苦しそうに女の子の腕を押さえてバタバタバタバタバタと足音を立ててガソリンスタンドの外へ逃げて行きました。

店員さんが休憩室に入ったのは隠れる為ではなく、通報して防犯カラーボールを持って来る為だったのです。

店員さんの勇気ある行動のおかげで、私の命は救われたのです。

殺人犯が去り、テレビの音だけが妙に遠くから聞こえていました。

警察が来るまで少し間があったので、ちょっとだけ落ち着いて来て、思い出したんです。

車のトランクに積んだキャリーケースの事を。

一人では怖いので店員さんに頼んで二人でトランクを開けました。

トランクの暗闇に寂しげにおかれたキャリーケース。

さっきひとりでに音を出したキャリーケース。

二人で顔を見合わせた後、覚悟を決めてキャリーケースを開けると、そこにはさっきのあの女の子の死体が入っていました。

あの、殺人犯の足にグッと顔を埋めてしがみついていた……胸にギュッと抱き着いて殺人犯の顔をジーッと見ていた……首に腕を巻き付けて私を見てニコニコ笑っていた……あの女の子の死体だったんです。

二人で大きな悲鳴をあげました。

信じられずに私は聞きました。

「この女の子、さっき殺人犯と一緒に居るの見ましたよね？」

店員さんは答えました。

「いえ、僕が見たのは貴方とあの男だけでした」

店員さんにはあの女の子が見えていなかったんです。

私が見ていたのは、あの女の子は、いったい何だったのか……。

それからしばらくして警察が来て、事件が解決した事を知らされました。

あの殺人犯は、ガソリンスタンドから二十メートルも離れていない所で死んでいたそうです。

死因は鑑定が終わらなければ確定は出来ないとの事でしたが、喉を掻き毟り、首に傷と痣を残して窒息死した状態だったそうです。

それから事情聴取を受けた後、警察官がポツリとこんな事を言ったんです。

「それにしても娘さん、無事で良かったですね」

あれ？　おかしいな？　私の聞き間違いかな？　と思いました。

あのキャリーケースの女の子は、どう見ても死んでいたはずです。

なので聞き返したんです。

「あの娘さん、生きていたんですか?」

するど警察官は、私の足元を見てこう言いました。

「貴方の娘さんですよ。さっきからずっと貴方の足にしがみついているじゃないですか」

ストロー

oomori

大学二年の夏、父が突然倒れ、そのまま帰らぬ人となった。

もろもろの手続きが終わったあと、いままであまり帰らなかった実家に週末になると顔を出した。

気落ちしている母を気にかけて、というわけじゃない。むしろ母はようやく父と離れることができて、じつはせいせいしている。

私も嫌な父がいなくなって、ようやく実家に帰りやすくなったのだ。

父は外に女を作り、家にはあまり寄りつかなかった。堂々と浮気していたわけではなかったが、なんとなく暗黙の了解のようになっていた。

父のそんな雰囲気を感じながらも、私は家族が壊れるのを恐れてなにも言わなかった。

母と二人でゆっくり過ごせる時間がいとおしかった。きっと母もまた、娘の私のために離婚を我慢して生きてきたのだ。

母の好きな歌手の歌が静かに流れる居間で、母は雑誌をめくり、私はスマホの画面を見ている。

「あんた、その首のポチっていうの、なに?」

母が私の首筋を指差している。

「あ、これ? すごい前からだよ。小っさいころから」

「なんのあとだろ?」

「あれ? 言ったことなかったっけ?」

「しらない」

「これね……」

話そうとして一瞬躊躇する。というのも、それが事実なのかそれとも夢だったのか。自分でもはっきりと確信が持てないからだった。

「まだ小学校に入ったばっかりか、小学二年生くらいだったのかなぁ。ホントはあんまりよく憶えてなくてね、っていうか、このこと自体、高校ぐらいになるまで自分でもすっかり忘れてたんだけど……」

長い前置きも母は気にせず聞いてくれている。

「小学校のとき、ちょうどなんでか私が家にいて、あんまりそんなことなかった気がするけど、お母さんが出かけてひとりで留守番してたんだよね」

「ふぅん」

「そんときにね、まだ若い、って言っても、いま考えるとたぶん三十代くらいだったんだと思うけど、まぁ若いんだけど。玄関に来て、私も出たんだよね。そしたらお父さんかお母さんかいますかって聞かれてね」

「ほぉん」

「どっちもいませんって言ったら、自分はお父さんの知り合いなんだけど、今日ここで待ち合わせしてるんだけど、待たせてもらっていいですかって言うのよ。だからお父さんの知り合いなんてわかんないから、もうすぐお母さんが帰ってくるから、お母さんに聞いてくださいって言ったの」

「へぇ～」

「そしたら、じゃあ玄関の外で待ってますって言ったんだけど、外は暑いから玄関だったらいいですよって、私も子供だから言ったんだよね」

「まぁ、子供はわかんないからな」

「そうなの」


話が長くなってきたので、スマホをテーブルの上に置く。

「それで、なんかその日暑かったんだよね、たぶん。んで、私もほら、怖いおじさんとかだったらあれだけど、ふつうの細いお姉さんだったからなんにもこわがらずに、玄関で待たせて悪いと思ったから、ヘンに気を利かせて冷蔵庫からジュースをグラスに入れて、オシャレにストローなんか差して持ってったりしたのよ」

「あんたはそういうとこ、小さいときからちゃんとしてたからね」

「それで、なんかクッキーなんかもあり合わせでお皿に盛りつけて持って行ったら、なんか話しかけられたんだよね。いま、何歳ですか、とか」

「へぇー」

「それで何歳です、とかたぶん答えたんだけど、そしたら、自分にも娘がいたんだけど、生きて生まれてこれなかったんだ、みたいな話をされたんだよね」

「うん」

「私はそのぐらいの年齢だったから、たぶんあんまりよくはわからなかったんだけど、まぁ、赤ちゃんが生まれてすぐなくなっちゃったんだろうなぁ、かわいそうな人だなぁみたいなことはたしか思ったんだよね。子供心に」

「うん」

「それで、お母さんなかなか帰ってこないなぁ。この人、ずっと玄関で待たせてるのも悪いなぁって思ってたんだけど。でも帰ってくる前に家に勝手にあげるのもどうかなぁと思って、だからジュースのおかわりどうですかって聞いたら、じゃあもらいますっていうからグラスを下げて台所に行こうとしたら、トイレを借りていいですかって聞かれたの」

「うん」

「それで、トレイ貸さないわけにもいかないから、どうぞって言って、でもお母さんがいないので居間には入らないでくださいとかって言ったんだと思うんだよね」

「子供だからなぁ」

「そうなの。それで私はグラスだけ持って台所に行って、グラスにジュースをそそいで。あれ、ストローはお盆の上に置いてきちゃったかなと思いながら玄関に戻ったら、その人が玄関にいないの」

「へぇー」

「んで、お盆の上にもストローがなくて。で、しゃがんでジュースのグラスだけ置いて、代わりのストロー取りに行こうと思って立ち上がったら、目の前に女の人が立ってて、手に握ってたストローで首筋をザクーッて刺されたの！」

「えぇっ？」

「私の子供が生きてればあんたくらいの歳だったのにって!」

母はぼう然としていた。


「ホントに?」

「いや、それがホントかどうかわからない、っていうのは、私、たぶんそのまま倒れて気を失ってて、気がついたら玄関には倒れてたんだけど、誰もいないし、首も痛くないし、血も流れてないし、もちろんストローもなくて。ただお盆とか空のグラスとかはあったの」

「ほぉー……」

「それで、なんかわかんないけど、お母さんに知られたらまずいってなーんか思ったんだよね。なんでだかわからないんだけど」

「ふぅん」

「それであわてて片づけて、なにもなかったようなふりしてお母さんが帰ってくるのを待ってたと思うんだよね」

「へぇー。んで、私が帰ってきてもなんにも言わなかったんだ？」

「そう。言わないまま私もずっと忘れてて。それで高校一年か二年生くらいのときに、急になんかフッとそのことを思い出したの」

「へぇー。なんかあったのかね？」

「いや、わかんない。それで、そのときは高校生になってたから、あ、あの人はきっとお父さんのそのころの愛人だったのかなって思ったんだけど。もういまさら十年くらい前のお父さんの愛人の話を、またお母さんに言うのもあれだと思って、ずっと言わなかったんだけどね」

「あら、気を遣ってくれたのかしら」

「気遣いする人だから、私」

「……色白の、目の細い人だった？」

「そう、そんな感じ」

「髪の毛の色がちょっと薄くて、これくらい長さあった？」

「えっ！　そう……。え、お母さん、知ってるの？」

「その人ね、私が結婚して、あなたがちょうどおなかに入ってたころに、お父さんの愛人で、子供ができた人なの」

「お母さんが妊娠してたのに、ほかにも外で子供作ってたの？」

「そうなの」

「ひどいね！　で、その人の子供は流産しちゃったってこと？」

「うぅん。中絶してもらったの。お願いして、お金渡して。おじいちゃんが」

「えぇー……、ひどいね」


「うん、そうなの。悪いことした」

「でも、お母さん、よく別れなかったね？」

「だって、あなたがおなかの中にいたしさ。私は親も頼れるような状態じゃなかったからね。子供のためにって思ったけど。まぁ、実際はほとんど帰ってこなかったから、べつに面倒もなかったけどね。お金は入れてくれてたしさ」


いままでいろんな話を聞いてはきたが、こんな壮絶な話は初めてだった。

「そっか……。じゃあ、あの人はホントに来て、たぶん、なんかで私がビックリして、ストローで刺されたって錯覚したりしたのが記憶に残ってたのかなぁ？」
「いや、そうではないんだなぁ……」
「……えっ？　どういうこと？」
「その人、中絶して一年経ったくらいに自殺して亡くなってんだもん」

……私は、絶句した。

「……だから、どうなってんだか。会ったこともないあんたがちゃんと見て、憶えてて、話もしたっていうんだから。なにか成仏しきれないでくすぶってたのが、何年も経ってから、また家まで来たんだろうなぁ」

母は驚く様子もなく、平然とそんなことを言う。

「……そんなこと、ホントにあんのかな？」

「だってあんた、実際会って話したんでしょう？」

「話した……と思うけど」

「まぁ、自分が産めなかった子供の代わりに生まれてきた子供の顔を見に来たのかもしれないし。代わりにつれていこうとしたのかもしれないけどな」

「こわいこと言わないでよ」

「そんなこわい思いしてたなんてしらなかった」

「よくはわかんないんだけどね」

「でも、首にそのときの傷が残ってんだから、そうなんでしょう、きっと」

本当にそうなんだろうか……。

自分の首の傷をさわってみる。

母は老眼鏡をかけ直して、また雑誌を読み始めた。

ふだんなら聴くことのないような、母の趣味の歌が流れている。

私は、殺されずに済んで、つれ去られずに済んで、いまここにこうしているのかもしれない……。

ともあれ、いまは父もいなくなって、母と二人。平和だ。

私はもうスマホを見る気も失せて、急須のお茶を取り換えるために立ち上がった。

みみちゃん

井川林檎

二歳手前の子はやんちゃで、もともとの自己主張の激しさも手伝って、保育園からいろいろ良からぬことを学んできては家の中を荒らしまわる。

夕食の支度をしている最中、静かにしているなあと思って、パン粉まみれの手で居間を覗いてみたら、テレビのうしろの線を引っこ抜いていたり、たんすからあらゆるものを引っ張り出して空にして、更にそのたんすを階段状にしてよじ登っていたりと、まあ、大変なことをしているのだった。

女の子なんだけど、どうにも元気が良すぎる。

この頃は放っておくとでんぐり返しや逆立ちのまねごとをしているので、危なくて仕方がないのだった。

保育園でもやったりやられたり、相当な猛者らしく、先生たちから寄せられる言葉も苦笑交じりの「元気いっぱいで」「自己主張があるのは良いことだけど」「どうしてどうして、かなりのもの」等、ご苦労がしのばれるものばかりなのだった。

「人形でも与えてみたら」

と、実家の母が言ったが、いやそれは無理だろう、この子のことだからせっかくのお人形を粗末にしかねないと思った。

買い与える玩具《おもちゃ》はお人形以外のものにしていた。

ブロックやら、音楽が流れるマラカスやら、一人っ子なのもあって、遊び道具の数は結構なものだ。

また、主人が与えるのを嬉しがって、次々になんでも買って来るのだった。今やうちは玩具にまみれており、玩具箱からは中身が溢れているのだ。

案じていたとおり、子は飽きっぽく、一時は気に入ったものでも、すぐに放り出して見向きもしなくなった。

そんなある日、実家の母が、お人形を贈ってきたのだった。

「みみちゃん」人形というのは、知育玩具として人気であり、小さな女の子の姿をしている。

お風呂に入れることもできるし、ミルクも飲ませることもできる。股関節や肩関節を動かすことができるので万歳やお座りもできるのだった。寝かせるとまぶたが閉じ、起こすとぱっちりと目が開く。

お着換えの洋服や、ベビーカーやお医者さんごっごアイテムなど、いろいろな付属品が売られている。

受け取った時、みみちゃんは寒々しい恰好をしていた。

箱には「キャミソールみみちゃん・一緒にお風呂」と書いてあり、このみみちゃんが入浴をテーマにしたものであることを物語っている。

「他に、髪の毛の長いお洒落みみちゃんだとか、ドレスを着たパーティーみみちゃんもあったけれど、一番シンプルなものがいいと思ったから」

と、贈り物のお礼の電話で、母は言った。

子は、カラフルな箱に入った新しい玩具に釘付けになり、「みみちゃん、みみちゃん」とはしゃいで、人形を抱っこした。

「いいこいいこしてあげてね」と言うと、人形を抱っこして頭をなでたりした。

薄いキャミソール一枚のみみちゃんはいかにも寒々しく、早く服を買ってあげたいと、わたしは思った。

子には「みみちゃん大事にしてね」「かわいかわいしてあげてね」と言い聞かせ、みみちゃんを可愛がっている様子を見かけるたびに、子をぎゅっとしたり、撫でたりして褒めた。

だけど、やっぱり子は他のものに気を取られ、そのたびに抱っこしていたみみちゃんを落としたり、転がっているみみちゃんを蹴っ飛ばしたりした。

「あっ、みみちゃんがかわいそう」

と、わたしはその都度はらはらし、どうして自分はこんなに神経質になっているんだろうと可笑しくも思った。

どういうわけだか、みみちゃんがごとんと床に落とされたり、踏まれたりした瞬間、どきんと心臓が跳ね上がるのである。

その心の揺れ方は、ちょうど子が赤ちゃんだった時、理由なく泣き出したり、なかなか母乳を吸わなくなったりした時に、頭がパニックになるほどの恐怖を感じた、あの体験を思い出させた。

(みみちゃんは人形……)

わかっているのだが、台所で調理をしている時に、居間から「ごとん」という痛々しい音が聞こえるたびに、すっとんで行くようになった。

子がみみちゃんを落っことしていたり、みみちゃんをさかさまにしていたりすると、すうっと血の気が引いた。

「ダメだよ、みみちゃんがかわいそう……」
いいこいいこしてあげてね、みみちゃん泣いてるよ。

すると子は、じっとわたしを見上げて、それからみみちゃんを抱き直して、頭をわしゃわしゃ撫でるのだった。

子が保育園に行って、時間ができた時、わたしはみみちゃんの服を買いに行った。コーナーにはみみちゃん人形がずらっと並んでいて、どれも同じ顔をしていたけれど、なぜかわたしは、そこにあるみみちゃんには興味が全くわかなかったのである。
頭の中は、ひたすら、うちの居間のクッションの上に、バスタオルを布団代わりにしてねんねしているみみちゃんに着せる服はどれがいいだろうかということだけが回っていた。

ワンピースやら、パジャマやら、色々な服が売られている中、うちのみみちゃんにはこれがいい、あったかにしたほうがいいし、女の子らしいものがいいし、と考えて、ボレロ付きのスカートセットを買ったのだった。

帰宅してみみちゃんに着せて、ほらこんなに可愛くなったし、もう寒くないよ、と心から安堵した。

その瞬間、心のどこかでずっと沈んでいた違和感が、ひょこっと、はっきり浮いてきたのだった。

(子のために人形の服を買ったんじゃなくて、みみちゃんのために服を買った……)

保育園から子が戻って、ほらみみちゃん、ちゃんとお洋服きたよと見せた。

子は珍しそうにみみちゃんを触っていたが、どういうわけか、その日からほとんどみみちゃんを抱っこしなくなったのである。

「みみちゃんと遊んであげてね、可愛がってあげてね」

と、お願いする度に、抱っこしていいこいいこしてくれるのだけど、すぐに元あったクッションの上に戻し、自分は離れたところで別の遊びを始めるのだった。

(飽きたのかな)

と、わたしは思い、なぜかちょっとほっとしていた。

飽きたのなら、もう子がみみちゃんを取り落としたり、さかさにしたりすることはないだろうから。

……。

ある日、わたしは台所で夕食を作っていた。

フライパンで炒め物をしていた時、さすような鋭い感覚が頭を貫くような感じで、声が聞こえたような気がした。

いや、声にならない声と言うべきか。

脳内でそれを翻訳し、日本語に置き換えると「ママ、たすけてママ」といったところか。

ともあれわたしはフライパンを放り出すようにコンロに戻すと、本能にせかされるようにして居間に飛び込んだ。

……子が、みみちゃんの服を脱がせ、髪の毛を握って逆さにしていたのだった。

叫びを――わたしは、ほとんど自覚がなかった――あげながらわたしは駆けこむと、子の手からみみちゃんを奪い取り、こらっと子を叱りつけたのだった。

服が乱れた格好で、髪の毛をぼうぼうにして、みみちゃんは目をぱっちり開いている。

腕の中に抱かれたみみちゃんは、安全なところに逃げ込めたと安心しているように見えた。

ふっと、わたしは思った。

(みみちゃんは、子に似ているなあ……面影というか、なんというか)

「だめっ、そんなことしたら、みみちゃん痛い痛いだよっ」

わたしがみみちゃんを庇って叱ると、子はきょとんと立ち尽くしていた。

なんで叱られたのかわからないという表情で——だけどなんとなく理解して——しゅんとするかわりに、ぷんとむくれて離れて行ってしまったのだった。

(ふん。ママなんか嫌い。あたしのことなんて、可愛くないんでしょ)

子の小さな背中が、そう語っているように思え、わたしはみみちゃんを抱っこしたまま、ふっと微笑んでしまった。

「ゆうちゃん」と、子の名前を読んで、ぎゅっと抱っこしようとしたら、子は一人前の顔をして「やっ」と怒り、手を跳ねのけたのである。

みみちゃんをクッションに寝かせてから台所に戻ると、フライパンが焦げた匂いをまき散らしていて、慌ててガスコンロの火を止めた。

ふわんと香ばしい匂いが立った。

残り物のご飯でチャーハンを作ったのだが……わたしは瞬間的にこみあげてくるものに驚愕し、体を丸め、口を押えながら、洗面台に向かったのである。

じんわりと、下腹部に重たいだるさがある。

それは、ここ数日続いており、しかも今月は、まだ生理が来ていない。

「ママ」

あどけない声が聞こえたような気がして、しつこく纏わりつく倦怠感や吐き気と戦いながら、わたしは目を閉じた。

子の声と似ているけれど、全く別の声が。

（まさか、いやでも……ああ、そうなのか……）

子供番組が流れている温かで明るい居間を覗いた。

子は、むくれたまま一人で絵本を開いている。

少し離れたところで、みみちゃんは静かに目を閉じて、クッションの上でねんねしているのだった。

「ゆうちゃん、みみちゃんと仲良くしてあげてね」

わたしの声が聞こえているのか、聞こえないふりをしているのか。

イヤイヤ期に入りかけている子は、頑として振り向かず、ママの言う事なんて知らないよと宣言するかのように、黙々と絵本をめくり続けているのだった。

サンちゃん

駒木

友人夫婦はオウムを飼っている。

名前は『サンちゃん』。ほんとはもっと長い名前が付いているらしいので、サンちゃんは愛称。


奥さんが独身時代から飼っていた鳥で、結婚してからは夫婦で可愛がっていた。

サンちゃんは白くて鶏冠（？）が黄色でくちばしが黒い、いかにもって感じのオウムで、それがよくしゃべる。

オハヨー、コンニチハ、コンバンハ。

ひと通りのあいさつはばっちり。意味はわかってないらしいけど。

そのとき流行っていたテレビＣＭのフレーズを真似したときは、オウムというのはこんなにはっきりしゃべるものかと感心した覚えがある。

そのサンちゃんが、いつからか妙なことを言うようになったという。

妙なことというか、聞き覚えのない名前を言うようになった。

「ユミコ、ユミコ」と。

けれど奥さんの名前はユミコではないし、知り合いにもユミコという人はいない。すわ旦那の浮気か!? と奥さんは少しだけ疑ったが、旦那本人から涙目で否定された。仮に浮気していても、夫婦で住むマンションに愛人を連れ込むほどバカじゃないと思いたい。


特に珍しい名前でもないし、それこそテレビで聞いた名前を覚えたのかもしれない。さほど深く考えずにいたそうだ。

サンちゃんは依然「ユミコ」と言っていたが、次第に
「ユミコ、ウルサイ！　バカ！」

「ハヤクシナ！　ユミコ！」

などと言うようになった。

ほとんど「ユミコ」を罵倒する言葉ばかり。

まるでヒステリックな親が、子どもを叱るみたいなニュアンスだった。

いよいよおかしいと思ったが、やはり心当たりはない。

それで、いつからこんなことを言うようになったのか、よくよく思い出してみると、今住んでいるマンションに越してきてからのような気がする。

友人夫婦は共働きで、日中は部屋にいない。

そのときに外から「ユミコ」ちゃんを叱る親の声が聞こえて、それをサンちゃんは覚えてしまったのではないか？

そんな推論を立てたが、いまいちしっくりこなかった。

◆

ある日、奥さんは体調を崩して会社を休んだ。

朝から熱があったので静かに寝ていたのだが、昼頃になって目が覚めた。

だるかったが喉が渇いていたので、フラフラとキッチンに向かった。

リビングにいるサンちゃんが、ひとりごとを言っている。

いつものことなので、気にせずキッチンに行って水を飲んだ。

水を飲むと少し楽になって、もう少し寝ようと寝室へ。

その前にサンちゃんの水を替えてやろうと、リビングに置いてある鳥かごに近寄った。

サンちゃんは意味のないひとりごとを言い続けていた。

するとたわいないことばかり言っていたサンちゃんが急に、

「ユミコ！　シネ！　シネ！　コロスゾ！　ユミコ！　コロシテヤル！　コロシテヤル！」

と連呼し始めた。

奥さんはびっくりして、思わず「サンちゃん、どうしたの⁉」と言ったが返事があるわけもない。

しばらくするとおとなしくなったが、奥さんはまるで悪い夢でも見ているような気分になったそうだ。

友人夫婦は、ひょっとして近隣に娘を虐待している家庭でもあるんじゃないかと考えたそうだが、オウムが覚えるほど大声で子どもを罵倒する親がいたら、さすがに自分たちも気づくだろうと思った。

ある日、奥さんは同じマンションに住む、仲の良い主婦のNさんに、世間話を装ってそれとなく聞いてみた。

すると、気になる話を聞けた。

友人夫婦が住む部屋には以前、三十代くらいの夫婦と幼い子どもが住んでいたそうだ。

あまり近所付き合いをしない家族だったが、母親の怒鳴り声がしょっちゅう聞こえてきたので、近隣の住人たちは心配していたらしい。

一度、あんまり怒鳴り声がひどいので、住人が匿名で通報したほどだった。

その後しばらくは静かだったが、その家族はいつの間にか引っ越してしまったらしい。

奥さんは「それか！」と勢い込んでしまい、思わず「もしかしてその子って女の子で、ユミコって名前じゃなかったですか？」と訊くと、Nさんは怪訝な顔をして、

「子どもは女の子だったけど、そんな名前じゃなかったわよ。確か、奥さんの名前がユミコだった気がするけど」

しばらくして友人夫婦がそのマンションを引っ越してからは、サンちゃんは一切「ユ

ミコ」とは言わなくなったそうだ。

さよちゃん

ヨモツヒラサカ

今、私は、窓の外の青い空と白い雲を追いかけるように飛び交う緑の中で揺れている。

新幹線の中よりは、緩やかな流れではあるが、確実に色濃い夏に向かって、その電車は走り続けた。

その景色は、私を郷愁に誘い、そして、小さな痛みを与える。

こんな時にしか、帰郷しない自分の身勝手さと、一人待つ母への申し訳なさと。

一年前は、忙しさを理由に帰郷しなかった。

たぶん、帰郷しようと思えばできたのかもしれない。

母とは、何かとそりが合わなかった。

父が死んでも、実の母親なのに、その関係は変わらなかった。

父が死んで、ますます母親の傍の居心地が悪くて、私は独立したのだ。


つい最近、私は一つの恋にピリオドを打った。

所詮道ならぬ恋だったし、初めから何も答えは無かった。

彼の奥様に、私たちの関係が知れるところとなり、私は人生で初めて、女性からの本気の罵倒の言葉と屈辱を受けた。会社は居づらくなり辞めた。

このことは、母にはまだ内緒である。

もちろん、不倫のことなど、言えるはずもない。


「おかえり」

その言葉は、たった一言だったのに、私の心の中にじんわりと広がり、泣きそうになるのを堪え笑顔でただいまと答えた。

母は不器用なのかもしれない。

口には何も出さないが、きっと私の弱った心の内を理解してくれているのだと思う。

黙って、好物の里いも煮を出して来た。

「ああ、やっぱり、母さんの里いも煮が一番おいしいなあ」

そう言い、口にたくさん頬張ると、もっと食べろと大皿に盛ってきた。

「いくらなんでも、こんなに食べられないよー」

私がそう笑うと、母は幾分か嬉しそうな顔をした。


その夜、ご近所の方の法事の手伝いに行くと言って、母はでかけた。

「ごめんね、せっかくアンタが帰ってきたってのに」

「仕方ないよ。ご近所付き合いはこういうところでは大切にしなくちゃね」

「すぐ帰ってくるよ」

「いってらっしゃい」

そんなやりとりをしながら、母の背中を見送る。小さくなったなと思った。

しばらくテレビを見て暇をつぶしていると、誰かが玄関のチャイムを押した。

ここには、インターフォンなんて洒落たものはない。

引き戸の外には、誰かの影が映っていた。どうやら女性らしい。

「はーい、どちら様？」

「私です、小夜です」

さよ？　誰だっけ。私は、一生懸命記憶の糸を手繰る。

「ああ、小夜ちゃん？　昔いっしょによく遊んだ！」

「うん」

「待って、すぐ開けるね！」

そこには、相変わらず、幸が薄そうな、色白で大人しそうな女性が立っていた。

「わあ、さよちゃん、久しぶり！　上がって、上がって！」

さよちゃんは、遠慮がちに玄関で靴を脱ぐと、きちんと揃えてから部屋に上がった。

「何年振り？　いや、何十年ぶりかなあ？」

さよちゃんとは、小さいころよく遊んでいた記憶がある。

さよちゃんは体が弱かったので、ひたすら中遊びだったけど、よく折り紙や、ままごと、お絵かきをして遊んだものだ。さよちゃんは、手先が器用で、私なんかより、うんと上手く折り紙も折れたし、絵も上手だった。

私は、嬉しくなり、彼女が今、どういう生活をしているのか、どこに居るのかなど、質問攻めにしたが、彼女は多くを語らなかった。だが、まだ独身らしいということだけはわかった。

ひとしきり、昔話が弾んだが、彼女はしばらくすると、ソワソワしはじめた。

「そろそろ帰らないと」

「え、なんで？　まだいいじゃん。お母さん、もうすぐ帰ってくるよ？　ご飯食べて行けばいいのに」

「ううん、いいの。あまり食欲ないから」

「そう」

きっとさよちゃんは、今も母を怖がっているのだ。

母は、さよちゃんと遊んだというと、とても機嫌が悪くなる。

何故かさよちゃんを毛嫌いしていたのだ。

理由はよくわからない。

やはり、さよちゃんの家の家庭環境があまりよくなかったからだろうか。

さよちゃんのお父さんは、さよちゃんにすぐ暴力をふるう人だった。

うちとは、正反対の環境のさよちゃん。うちは、父と母が仲が良かったので、そんなさよちゃんをいつも可哀そうに思っていた。

たまに、傷だらけになっていても、さよちゃんは必ず自分で転んだと言うのだ。

子供心にも、その嘘はみえみえで、きっとこれは大人によって傷つけられた傷なのだと私は知っていた。家庭環境は、さよちゃんの所為じゃないのに、母はさよちゃんを毛嫌いした。

そういった母の性質を知っているので、私はたぶん、母の傍に居辛かったのかもしれない。

さよちゃんは、そそくさとお邪魔しました、と言って帰って行った。

それと、入れ違うように母が帰ってきた。

「ねえ、おかあさん、そこでさよちゃんと出会わなかった？」

私がそう母に尋ねると、母は渋い顔をした。

「さよちゃん？　いるわけないでしょ？　そんなの」

そんなのとは、随分酷い言い方だ。

「え、おかしいなあ。さっきまでここに居たんだよ？」

それを聞いて、母親の顔はますます青ざめてきた。

「さよちゃんは、随分前に死んだんだよ」

母がポツリと言った。

「えっ、嘘！　そんなの聞いてないよ。いつ死んだの？」

「そんなの、覚えていない」


母は、なんだかさよちゃんの死について、話をしたがらなかった。

「そんな……。じゃあ、さっき訪ねて来たのは誰なの？」

「さよちゃんのことは、もう忘れなさい」

母のその一言に、さすがの私も堪忍袋の緒が切れた。

「ちょっと、お母さん、酷いよ。そんな言い方。さよちゃんがかわいそう」

私がそう母を責めると、母は泣きそうな顔で私を見つめた。

「カナ、さよちゃんなんて、初めっからいなかったんだよ」
「お母さん、何言ってるの？　お母さんだって、さよちゃんのこと知ってたじゃない。なんで初めから居ないなんて言うの？」

私がそう責めると、母が涙を浮かべた。

「ねえ、カナ。あんた、何かあったの？　辛いことがあったんなら、母さんに話して」
「話をそらさないでよ。私はさよちゃんのことを言ってるんだよ？」

母は、とうとう嗚咽を漏らし始めた。

「だって、さよちゃんは、あんた自身なんだもの」

え、何？　意味がわかんないよ、お母さん。

「あんたが五歳の時、私がうっかり目を離したすきに、あんたは攫われてしまったの」

母が何のことを話しているのかわからない。

「私は、あんたを探した。目を離してしまった自分を殺したいって思ったよ。でも、一年後、あんたは見つかったの。百キロも離れた町で。……男の部屋で」

そう言うと母は、肩を震わせて、大粒の涙を流し始めた。

「嘘だよ、なんでそんな酷い嘘つくの？　お母さん」

「ごめんね。ずっと言えなかった。私は、あんたが見つかった時に、お父さんと一緒に泣いて喜んだ。でもね」

私の頭の中がキリキリ痛む。もうそれ以上、言わないで。

酒臭い。
西日の当たる部屋。私の周りを埋め尽くすゴミ。
汗にまみれた不潔な服の男が目の前をよぎった。
嫌だ、誰?

「その男はろくでなしだった」

違うよ、お母さん、それはさよちゃんのお父さんだよ。
すぐさよちゃんに暴力を振るって、近所の人に聞かれたら、転んだって言えって言うんだよ。

「逮捕されたけど、この手で殺してやりたかったよ」

お母さんは勘違いしてる。

「あんたが帰ってきて、異変に気付いたのはしばらくしてからだった。あんたが、誰も居ないのに、部屋の隅で誰かが居るかのように、遊び始めて」

いやだ、いやだよ、お母さん。私は震えていた。

「さよちゃん、さよちゃんって言いながら、ひとり遊びを始めたの。何かといえば、さよちゃんと遊んだ。さよちゃんに教えてもらったって、わけのわからないことを言い出して」

違う！　さよちゃんは本当に居るんだってば。

「きっと、一年間の幽閉生活で怖い思いをしたんだろうね。私は、すぐにあんたを病院に連れていった。解離性障害だって言われたわ」

さよちゃんが嫌いだから、そんな酷い嘘をつくんだね。お母さんは最低！

「でも、治療の甲斐あって、しばらく病院に通ううちに、あんたの中からさよちゃんは消えていったの。なんで今更……。ねえ、カナ、何があったの？」

「おばさん、酷いよ。いくら私が嫌いだからって、カナちゃんに何でそんな酷い嘘をつくの？」

「カナ……？」


ほら、お母さん、さよちゃん居るじゃない。お母さんがあまり酷い嘘をつくから、さよちゃん怒っているよ？


「カナ、しっかりして！」

「おばさん、何言ってるの？　私、カナじゃなくて、小夜だよ？」

「ああ、カナ……。ごめんなさい。ごめん」

「お母さん、謝るのは、カナにじゃなくてさよちゃんにだよ？」

「カナ、お願い。正気に戻って。お願い」

「さよなら、お母さん。たぶん、もう二度と帰ってってこないと思う」

「カナ、かなあああああ！　いやあああああ」

すがる母親を振り切って私は、さよちゃんと手に手をとって実家をあとにした。

さよちゃんは、私がずっと守っていくの。

誰にも傷つけさせないから。


その日から、私は、ずっとさよちゃんと暮らしている。

ミツ子さんが笑った

HIRO

子供の頃、神社の境内でこんな遊びが流行った。

数人で、一人ずつ面白い体験談を話して行く。

みんなは笑うのを我慢するんだけど、一人だけ笑った子がいると、その子はみんなから「ミツ子さんが笑った」と指を差されるのだ。

するとその子は罰として、神社の小さな古井戸の前で目をつむり、百を数えるというものだ。


今思えば何が楽しかったのか、よく分からないが、田舎の小さな町では、他に遊びがなかったのであろう。

私は女子校を卒業して、都会に就職した。

そして今回、久し振りに町に帰省したのだ。

それは小学校の同窓会に、参加するためである。

「たまには家に帰って来なさいよ。同窓会のついでなんて、寂しいじゃない」母が愚痴をこぼした。

「まあ、里子も忙しいんだろう。広告代理店は、そんなに大変なのか？」父が聞いて来た。

「高卒は大変なのよ。三年になるのに、あれこれ雑用も頼まれるしね」私は食後のコーヒーを飲みながら言った。

両親には申し訳ないが、本当に大変なのだ。

「ごめんね。明日は同窓会の後、そのまま帰るから」私はそう言って、自分の部屋に戻った。

そして同窓会の当日。

幼かった顔ぶれは、どれも大人に変わっていた。

「里子！　元気してた？」菜々子が声をかけて来た。

「うわあ、久し振りぃ」私は菜々子に抱きつき、声を上げた。

そして、誰もが懐かしい話に、花を咲かせた。

そしてしばらくして、誰かがポツリと言った。

「美和子が生きてたら、どうしてたかしらねえ？」

……え？

「ミワ子って誰だっけ？」私は菜々子に聞いた。

「ええ？　何言ってるの？　みんなで神社でよく遊んだじゃない」周りのみんなは、

ねえ？　と不思議そうに私を見た。

「ああ、そうよね」私はそう繕ったが、全く覚えていなかった。
聞けばその美和子は、神社で遊んでいる最中、行方不明になってしまったという。
誘拐か神隠しか？
結局、捜索したにもかかわらず、見つからなかったのだ。

どうして私は覚えていないのだろう？
仕事で疲れているのか、などと自分にそう言い聞かせた。

同窓会が終わり、駅に向かって歩いていると、あの神社の前に差し掛かった。
昔、遊んだ神社だ。

すると「里子」と神社から、声をかけられた。
「誰？」と顔を向けると、そこには菜々子が立っていた。
「菜々子？　どうしたのよ。こんな所で」私が近付こうとすると、菜々子は神社の中へ歩き出した。

「ちょっと！　何処に行くのよ？」私は、菜々子の後について行った。

すると菜々子は、古井戸の前で立ち止まった。

「里子、あの時笑ったよね。私より先に、笑ったでしょう？」菜々子は、背中を向けながらそう言った。

「え？　何の事？」私が聞くと、菜々子はゆっくりと振り返った。

あなた、だ……誰？

その顔は、菜々子では無かった。

知らない女性だが、何処となく面影がある。

その目を見た時。

あッ。

その瞬間、昔の記憶が蘇って来た。


あの時、私は先に笑ったのが嫌で、美和子に指を差したのだ。

「ミツ子さんが笑った」と。

そしてみんなは、つられてその後、指を差しだした。

しかし美和子は、驚いた顔をしていたが何も言わず、罰を受けに古井戸の前に立って目を閉じた。

私は調子に乗って驚かそうと、美和子にそっと近づいた。


「わっ！」


私は声を上げて背中を押した。

冗談のつもりだった。

するとと美和子はそのまま、誤って古井戸の中に落ちてしまったのだ。

私は怖くなり、誰にも言わず家に帰ってしまった。

「ごめんね。ごめんね美和子。私……凄く怖くなって……」私の膝は、ガクガク震えていた。

すると美和子は「いいのよ。あれは事故だったんですもの。ただ里子には、忘れて欲しくなかったの」

そう言って美和子は、口元を歪めて笑い、そして消えていった。

私は誰もいない神社に、ただ呆然と立ち尽くしていた。

その日から、私は変わってしまった。

電車の窓、鏡の中、お店のショーウインドー。

人が映り込む全ての者から、私は指を差され続けた。

「ミツ子さんが笑った」と。

私は今、窓も鏡もない白い部屋の中で、ただ怯えている。これは、いつまで続くの？

「いやあ！　来ないで！」

「里子さん、大丈夫ですよ。落ち着いて」

白衣を着た眼鏡の女性が、里子に駆け寄った。

すると、その眼鏡に映り込んだ自分が、指を差しこちらを睨んでいた。

「お願いよ！　もうやめてえ！」

ここ精神病連は里子にとって、まさに井戸の底の如く、抜け出す事の出来ない巣窟なのであった。

ちかといいます

深山純矢

都内の会社に勤める佐藤さん（女性）の話。

その日佐藤さんは午前中のミスがたたり仕事がはかどらず、遅くまで残業をしていた。

やっと仕事を終えた頃、時計に目をやると十一時を少し回っている。

流石にこの時間まで、残業をしている者はなく、広いオフィスには佐藤さん独りきりだった。

パソコンの電源を落とし、速やかに帰り支度をして、出入口ドアの横に設置されたスイッチで照明を落とすと同時に、
トゥルルル、トゥルルル、とオフィスの電話が鳴ったそうです。

常識的に考えてもこの時間帯に電話してくる取引先はいない、恐らく間違い電話だろう。佐藤さんは無視して帰ろうと一旦は思った。

しかし、鳴っている電話に出ないのもなんだか気持ち悪い、佐藤さんはすぐすむだろうと照明は点けず暗いオフィスの中、着信で明滅している電話機に向かった。

受話器を持ち上げ耳にあてる。

「はい、株式会社○○、佐藤が承ります」

佐藤さんは通常どおりの応対した。

「……」

「もしもし、――」

「……」

電話の相手は何も喋らない。

「もしもし、どちら様でしょうか？」

しばしの沈黙のあと、やっと反応があった。

「ちか××います」

声がやけに小さく聞き取りづらいが佐藤さんには「ちかといいます」と言っているように聞こえた。

おかしな人だなと、佐藤さんは思った。普通どちら様と尋ねれば、名ではなく姓で応えるのが普通だと思う。

咄嗟に思い浮かんだのは以前同じ部署で働いていた『柏木千佳』だった。

彼女は社内で『ちかさん』と皆に呼ばれていたからだ。しかし、彼女は数年前に退職して他県である実家に戻っていた。

「どちらのちか様でしょうか？」佐藤さんの問いに、電話の主は「ちか××います」同じ言葉を何度も繰り返すだけ。

佐藤さんはため息をひとつついた。イタズラ電話かと受話器を置こうとしてふと気付く。

受話器を右耳にあてているのだが、受話器から聞こえる同じ言葉が左耳にも聞こえる。

電話機を通さず直接耳にとどくその声に鳥肌が立った。

（ちか××います）

囁くほどの声量。

（ちかく×います）

女性の無感情な声が繰り返す。

（ちかくにいます）


耳元に、はっきりと気配を感じて佐藤さんは思わず振り向いてしまいました。

女性がいたそうです。

三十代くらいで、顔は紙のように真っ白なんですが、それ以外は人となんら変わらない容姿。

無表情の顔が目の前に現れ咄嗟に顔を背けるが体は恐怖で固まる。

尚も（近くにいます）と耳元で繰り返す声に目を瞑り必死に耐える。

どれくらいの時間そうしていたのでしょうか、佐藤さんは一分にも十分にも思えたそうです。

声が聞こえなくなり恐る恐るゆっくりと目を開けた。

手に持つ受話器からツーツーと通話が切れた音だけが聞こえる。先ほどの気配も無くなり振り向くがなにもいない。

デスクに置いたカバンを掴むと一目散に走り出した。

ドアを抜けたところでトゥルルル、トゥルルルと鳴り出す。

今度は一台ではなく複数の電話機が鳴り出した。まるで見えない無数の手が佐藤さんに掴みかかって来るような嫌な感覚がしたという。

急いでエレベーターに乗り込むと佐藤さんはタイムカードも押さず、逃げるように会社をあとにした。


そんな出来事があった数日後、佐藤さんの会社の向かいにあるマンションで女性の他殺体が見つかったそうです。

新聞にも被害者の顔写真つきで掲載されていたらしいのですが、怖いとの理由で佐藤さんはその記事を読んではいないとのこと。

その女性の霊が自分を早く見つけて欲しいと願い「近くにいます」と佐藤さんに訴えていたのでしょうか。

二人で撮って

瑠璃川琥珀

スマホの進化は著しく、昨今の人工知能は何でも答えてくれる時代になりました。

スマホに向かって呼びかけると、大抵のことは教えてくれますね。

スマホに内蔵された人工知能は、ものしりからとってｍｏｎｏと呼ばれていました。

時に幸恵《サチエ》という女子高生がいました。

幸恵は普通の……どこにでもいる普通の女の子でした。

「ねぇ、幸恵。ｍｏｎｏに凄い機能があるんだって、知ってる？」

休み時間、クラスメイトの由奈《ユナ》が幸恵に話しかけました。由奈は噂好きのところがあって、面白い情報があるとすぐに幸恵に話してくれました。

「なになに。教えてよ」

幸恵も嫌いじゃないので、由奈の話には食いつきが早く、いつも二人は楽しげです。

「スマホのカメラの機能にはね、顔認識システムってのがあってね。笑顔を認識するとシャッターが押される機能とかあるんだけどね」

「うん」

それは知ってると思いながらも幸恵は頷きました。

「それでね、深夜の二時にね、自分の部屋でｍｏｎｏに向かって、『二人映ったら写真を撮って』ってお願いするの。そうして自分に外側のカメラを向けたまま、部屋の中で歩き廻るの。するとね……」

「ああ……」

なるほど。話が読めた。

幸恵は思いました。

そこでシャッターが押されたら幽霊がいるということか。

由奈は続けます。

「すると突然、カシャってシャッター音がなる時があって、写真が撮れてるんだって」

「やっぱり」

思った通りでした。

「すごくない？　これ実際、茜《アカネ》も体験したらしいよ」

由奈は興奮気味に言いました。

「うん、すごい。……で、その写真には幽霊が写っていたの？」

そこが一番気になるところでした。

幸恵が訊くと、しかし、

「んにゃ。茜一人が写ってたんだって」

拍子抜けする答えでした。

「なあんだ。つまんないの」

それだと壁のシミが、目や鼻として検知されただけではないのか。

幽霊が一緒に写っていたとかなら面白いんだけどな。

「はあ」

幸恵は肩を落としました。

「ちょっと、そんな風に言わないでよ。シャッターが切れたってことがすごいんだからね」

由奈は少し膨れ気味です。

「ごめん、ごめん。そうだったね」

幸恵は取り繕うように両手を合わせました。

手には幸恵のスマホが挟まれています。

「しかもこれ、最新の機種じゃないとダメらしいからさ。あっ、幸恵のは最新のヤツじゃん」

由奈は幸恵のスマホを見て言いました。

先日、親に頼み込んで買ってもらったスマホです。嫌な予感がしました。

「本当に出来るかどうか、今晩試してみてよ。ね、いいでしょ」

予想通り由奈が目を輝かせています。

「うーん」

聞く分にはいいのですが、自分が体験するのは怖いものです。

ただのうわさ話の可能性もありますけど、実際にシャッターが切れたらびっくりするでしょう。それに二時に起きなくてはなりません。

「わたしのじゃ出来ないしさ。幸恵しかいないんだよね。それともなに、もしかしてビビってるの？」

断ろうかと考えた幸恵でしたが、由奈がしつこくあおってくるので、

「わかったよ。やってみる」

と、引き受けることにしました。

その晩。

言われた通りに二時前にスマホのアラームで目を覚ました幸恵は、重たい瞼をこすりながら恐る恐るスマホに語りかけました。

「ハイ、ｍｏｎｏ。二人映ったら写真を撮ってね」

幸恵は外側のカメラで自分をとらえながら、部屋の中を移動してみました。

しかし、一向にシャッター音はしません。

上から、下から。

離してみたり、近づけたりしましたが、それでも写真が撮れることはありませんでした。

「なんだ。やっぱりただの都市伝説か」

それとも、この部屋には幽霊がいなかったのかも知れない。

由奈には悪いが、何も起こらなかったと伝えよう。もう、寝よう。


そう考えた時でした。

後ろの方、部屋の奥のちょうど窓のある辺りから、コトっという音が聞こえた気がしました。

「なにっ？」

幸恵はびくりとしました。

こんな薄暗いなか、背筋が強張る感覚を覚えます。

「なんの音？」

窓は閉まっているはずだし、地震が起きて家が揺れたということもありません。

別の要因が働いたとしか考えられません。

幸恵が気になって、振り返ろうと顔を背けたその時――。

カシャ。

フラッシュが焚かれ、シャッター音が鳴ったのです。

まさか――。

幸恵はすぐにスマホを確認しました。
手には汗がにじみ出ています。
スマホの画面に映し出された一枚の写真。
そこに写っていたのは――。

……幸恵の振り返ろうとしている横顔と、窓にかけられたカーテン。

たった、それだけでした。

「なんだ。びっくりした」

幽霊が写っているのかと思った幸恵は胸をなで下ろしました。

どうやら、スマホに幽霊を写す機能は無いようです。

それとも、カメラがカーテンの柄を顔だと誤認したのかもしれません。

しかし、そこでふと思いました。

私が顔を背けた時にシャッターが切れたということは、私の顔は一人として認識されていないのではないか。

——なのにシャッターが切れた。

それはつまり、今までは二人ではなく、三人だとｍｏｎｏが認識していたとしたら……？

恐ろしい想像が幸恵を襲いました。

そんなバカな、と思いながらも確かめないことには気になって眠れそうにありません。

カメラの誤認を防ぐため、幸恵はまずカーテンを開けました。真っ暗な闇がガラスの向こうに見えます。

そうしたところで、またｍｏｎｏに頼みました。

「ハイ、ｍｏｎｏ。二人映ったら写真を撮って」

そう言ってスマホを手にかざし、今度は自分は写さずに、スマホの画面を見ながら、外側のカメラを先程の窓ガラスに向けました。

……カシャ。

フラッシュの光と、シャッターの音が部屋に響きました。

ゆっくりと幸恵がスマホの画面に目を移すと、……やはり何も写ってはいませんでした。

ただ……。

ただ、フラッシュが光った一瞬だけ。

その一瞬だけ、窓に浮かんだ男女の顔が、幸恵の目に焼き付いていました。

西瓜

にし

あのね、僕のスイカ嫌いには理由があるとよ。

僕の実家は九州の田舎の方なんやけど、本家は更に山ん中にあって凄く広いったい。親戚が集まる時は、仏間と隣の部屋の間の襖を外して、大きい広間っていうんかな、そういうのにするっちゃけど、大人二十人ちょっとが集まってもちょっと余裕があるくらいの部屋になるとよ。

その更に隣の部屋に、二十年くらい前の盆やったかなぁ、僕は一人で寝とったと。五歳か、そこらやないかいな。小学生にはなっとらんかったけん。

僕の田舎では十三日の夕方が先祖迎えで、十五日が送り。やから十三日と十五日は、お寺さんに提灯持って親戚一同ゾロゾロ向かうとよ。それの、十三日の迎えに行った後の晩御飯というか、もう大人たちは酒宴やね、僕ら子供はお腹いっぱいになったら後はもう適当に遊んでてね。その頃はテレビで心霊特集なんかもやってて、いとこ連中とキャーキャー騒いで怒られたりしとった。

その最中やったんやけど、僕、すごい気持ち悪くなってしまって。頭が割れるみたいに痛かと。

「夏風邪やないか」
「さっきアイス食べすぎやったけん」
「夜風に当たりすぎたっちゃろ」

母親とかばあちゃんとか、ブツブツ言いよったけど隣の部屋に布団を敷いてくれたと。

「ちょっと寝り」

母親がうちわで僕をあおいでくれよってさ、寝付くまでいてくれよって、僕はすぐにうつらうつらした。

まだ早い時間やったけん、熟睡まではせんかったけど、うつらうつらしながら大人たちの声を聞いているのは、経験がある人には分かると思うんやけど、妙に心地が良いったいね。

時々、襖が開いて様子を見てくれているのも、分かっとったし。

やけん、その時襖が開いたのも誰か様子を見に来たと思ったとよ。

でも、何か変やった。

大人の気配じゃないと。でもいとこや兄弟が来た様子でもない。

怖くなって、うっすら目を開けるとね。

そこにいたのは坊主頭で、紺の浴衣を来た同じ年くらいの男の子やった。片手にはスイカがのったお皿を持っとった。白くて、見慣れんお皿やった。

誰やろ、近所の子かいな、と声をかけようとしたんやけど、子供ながらに、何か異様な雰囲気を感じてやろうね、思わず口をつぐんだったたい。

顔がね、顔の真ん中がくろーくて、渦巻いとるような感じで顔が見えんかったと。

怖くなってしまって。

思わず寝たふりをしたとよ。したら男の子は、僕の横にスッと座って、じぃぃぃいっと僕を見よると。目ぇ開けんでも分かる。

どげんしよう、どげんしよう、そう思ったったら男の子が口を開いた。

「スイカ、食べんね」

僕は震えが止まらんくなってしまった。なんでって、ばあちゃんに良く言われとったったい。

「あの世の人に会っても、食べ物だけはもらったらいけんよ。連れていかれっとばい」

もう僕が寝たふりしとるとはバレとったと思うよ。凄く震えとったし。

でも歯を食いしばって絶対スイカ食べんぞって、とにかく寝たふり続けるしかなかったと。

隣の部屋からは、大人たちの楽しそうな声が続いとった。気づいてくれ、気づいてくれと念じよったけど、そういう時に限って誰も来ん。やがて男の子が立ち上がって、やった、どっか行く、そう思った次の瞬間、男の子は僕の身体を跨いで仁王立ちになったったい。そんで、上からまたじぃぃぃいっと僕の顔を見よる。

冷や汗がドッと出てね。

そしたら男の子はスイカ食べだしよったと。僕の顔の上で。

シャクリ。
美味しそうな音でかぶりついて、
ボタボタ。
スイカの汁が落ちてきよって。
僕の顔にたたい。
シャクリ、ボタボタ。

シャクリ、ボタボタ。
汁がどんどん、どんどん落ちて来よってね。
シャクリ、ボタボタ。
シャクリ、ボタボタ。
シャクリ、ボタボタ。

汁が、汁が口に染み込んで来るとよ。
どんだけ口を閉じとっても。

シャクリ、ボタボタ。
シャクリ、ボタボタ。
シャクリ、ボタボタ。

僕はたまらんくなって、もういいけんと思って、口と目を開けて悲鳴を上げたったい。

口にスイカの汁がどぅと流れ込んで。

その瞬間、見たとよ。

男の子の顔。

やっぱり、なかったと。黒い渦巻きしか、なかったと。

また僕は悲鳴を上げて、そしたら襖が横にばたんと開いて大人たちがワラワラとどうしたと、どうしたと、と入ってきて、僕は母に抱きしめられた。

「怖か夢でも見たっちゃろ」

よしよし、と抱き上げられながら、僕は周りを見渡した。いとこ連中の姿も見えたけど、あの男の子のすがたはどこにもなかったし、僕にスイカの汁も付いとらんかった。

やけん、あれはやっぱり夢やったんやろうか、いやそれにしてはハッキリしよった、と思いながら二十年過ごしてきたけど、まぁそれでなんとなく今もスイカは避けとるよ。

また食べたら、そん時はほんとに連れて行かれるっちゃなかろうかって。

阿呆らしかけどね。

浴衣

ありす

ある夏の日でした。

彼氏と夏祭りに行く約束をしていた私は、友達に選んでもらった白地に赤い朝顔の柄の浴衣を着て行くことにしました。

私と、友達、彼氏は三人ともとても仲が良かったのです。この夏祭りも三人で行こうと話していたのですが、友達が二人で楽しんでおいでと言ってくれたので二人で行くことにしました。


「あいつも、くれば良かったのになぁ！」

「三人でも、楽しかったのにねー。まぁ、二人で回れるのも嬉しいけどね」

まだ、付き合って間もない私は彼氏とのデートがすっごく嬉しかったのです。

夏祭りは、縁日も多くとても賑わっていました。

かき氷や、たこ焼き、二人でいろいろ食べながら回っていた時です。

フランクフルトのケチャップが浴衣に付いてしまったのです。

「あっ！　新しい浴衣だったのに」

ケチャップを落とすために、境内にある手水でハンカチを濡らして拭くことにしました。

「やっぱり、落ちないなぁ……」

ケチャップのついた所は、全然落ちなかったのです……それどころか、どんどんどんどん赤いシミが広がっていくのです。

まるで、血が広がっていくみたいに。

「やだ、何これ！」

「どうした？」


後ろから声をかけて来た彼氏の方を振り向くと、彼氏の後ろに髪の長い女性が立っていたのです。

私の浴衣にそっくりな浴衣を着て。


「キャァァァア！！！」

「どうしたんだよ！」

「うし……後ろに……」


後ろを振り返った彼氏には、見えてないようでした。


『私が……そこに……』

『ソコは、私の場所だったのに！！！！！！』

彼氏の後ろで叫ぶその女性は、私の浴衣を選んでくれた友達だったのです。
それは、彼女の嫉妬心だったみたいです。

祭りの夜の帰り道

雪鳴月彦

これ、自分でも思い返す度に信じられないなって思ってしまうような出来事なんですけど。

今からもう、七年くらい前になるでしょうか。

大学の夏休みを利用し地元へ帰省したときの、八月に入って一週間くらいが過ぎた、蒸し暑い夏の夜に体験した話です。


私の住んでる町は、八月になると毎年お祭りがあるんです。

夜の六時半くらいから町の大通りを通行規制して、そこに出店がズラーっと並んで、田舎で娯楽も少ない地域ですから、皆楽しみにしながら集まってくる。

で、その年は私も久々に休みが重なった友人と、二人ででかけることにしたんです。

童心に帰った気分で射的や金魚すくいなんかを楽しんだりして、それで一通り遊んだ後はビアガーデンをやっている所を見つけて、そこで馬鹿話をしながらずっと飲んでいました。

そんなに大きくないビルの屋上から下を見ると、楽しそうに行き来する人たちの姿なんかが見れて。そのうち、すっかりアルコールが回って良い気分になってしまって。

それで、男二人くだらない話でひたすら盛り上がってると、突然友人が
「——ああ、そう言えばお前聞いたか？　事故の話」

と、話のネタを思い出したように話題を変えてきました。

「事故？　いや、知らないけど。何のこと？」

心当たりがなく、キョトンとなりながら聞き返す私へ、友人はニヤリと笑い、グッと身体を近づけてくるとわざとらしく声を潜めて話し始めました。

「田んぼ地蔵がある急カーブ、覚えてるだろ？　あそこで半年くらい前に事故あってさ。夜の十時くらいだったかな。自転車漕いでたおっさんが、スピード出して走ってきた車に吹っ飛ばされて翌朝田んぼに落ちて死んでるのが見つかったんだよ」

田んぼ地蔵って言うのは、この町には田んぼが広がる一画があるんですが、その通りの途中にポツンと一体お地蔵さんが置かれている場所があるんですね。

それで、地元の人たち、特に子供なんかの間では昔から田んぼにあるから田んぼ地蔵、なんて呼ばれ方をしていたんです。

そこで、事故があったと友人は言う。

確かに、地蔵がある場所は急カーブになっていて片方が田んぼ、もう片方が何て言うんでしょうか、小さい林みたいな、木々が部分的に生い茂ってる空間になっていまして。

その木々が邪魔をして、カーブの見通しがすごく悪い。

外灯もない所ですから、夜なんて余計注意しないと危ない場所なんです。

「へぇ……あそこで事故なんかあったのか。うちの家族は誰も教えてくれなかったなぁ。犯人は？　捕まったの？」

興味を示し私が食いつくと、友人はコクリと頷いて話を先に進めてきます。

「ああ、隣の町に住んでる男だったけど、知らない奴だな。でな、この事故が起きてから、田んぼ地蔵の所で死んだおっさんの霊が出るようになったって噂が出始めてんだよ」

「はぁ？」

友人が告げた突拍子もない言葉に、私は口へ運びかけたビールのジョッキをそっと離し、訝し気な声を漏らしてしまいました。

「実際に俺が見たわけじゃねぇし、あくまで噂だけどよ。夜にあそこ通ると、男の苦しそうな声が聞こえてくるとか、死んだおっさんとそっくりな男が地蔵の前に俯いて立ってるとか、そういう話が出てるんだよ」

「お前なぁ、嘘だろそんなの。幽霊だの妖怪だの言うのは、ただの作り話か錯覚だよ」

幽霊なんているわけがない。そう鼻で笑いビールを喉へ流し込んだ私を、友人は悪戯小僧のような目で見つめると、

「そんなこと言ってぇ、内心少しはビビッてんだろぉ？」

と茶化すような言葉をかけて、寄せていた身体を離した。

「ビビッてなんかいねぇよ。何なら、帰りにオレそこ通って帰ってやろうか？　実際に幽霊とやらが出るのかどうか、確かめて報告してやるよ。どうせ帰る方向だし」

思い返せば、酒が入って気が大きくなっていたせいでしょう。

私はそのとき、特に何も考えずそんな大口をたたいてしまったんです。

「お、マジかよ。いいねぇ、是非ともやってくれよ」

当然、友人は乗り気で囃し立ててくるし、私も口に出した以上後にも引けない。

「良いよ。じゃあもし何か出たら、そいつの写メでも撮って送ってやるから楽しみにしとけ」

このときは私自身も特に怖いなんて気持ちはありませんでしたから、（あーあ、面倒なこと言っちまったなぁ）くらいにしか思っていなかったんで、まだ後悔もなかったんですけど……。

そうして、羽目を外した野郎二人でひたすら騒いで、やがていい時間になったものですから、「そろそろお開きにするか」ってことになって、私は約束通り例の田んぼ地蔵がある道を選んで帰宅することにしたんです。

「無理すんなよー！　怖くなったら逃げて良いからなぁ！」

からかうような友人の声に見送られるかたちで帰路につき、酔いを醒ますようにフラフラ歩いていくと、やがて人の姿もなくなり外灯もほとんどないうら寂しい道へと差し掛かりました。

（やっぱこの時間でも蒸し暑いな。帰ったらすぐにでもシャワー浴びてぇや）

周囲に広がる田んぼは真っ暗な闇に包まれ、蛙の鳴き声だけが何重にも重なって聞こえてくるだけで、他に音はない。

遠くにポツポツと明かりは見えても、近くには民家一軒建っていないという、そんな所をダラダラと歩いていると、前方に問題の急カーブと木々の密集する黒いシルエットが月明かりに薄っすらと照らされ見えてきました。

（さて、いよいよだな）

小さく息をついて、一歩ずつ足を前に進めていくと、段々カーブが近づき地蔵の輪郭がぼんやりと見えてきて、私はそのときになって自分が少し緊張していることを自覚しました。

幽霊が、ではなくて、ここで人が死んでるんだなという現実的な薄気味悪さが胸の奥からジワジワと込み上げてきて、心細い気持ちに陥りそうになりながら、それでもどうにか勇気をだして田んぼ地蔵の横を通り過ぎました。

ザッ……ザッ……と、自分の立てる小さな足音だけを聞きながらチラリと横目で田んぼ地蔵を見れば、誰かが置いていったらしい献花があるのがわかり、ああ、本当に人が死んだんだ、とそんなことを思いながらカーブを通り過ぎようとした瞬間。

どこかから、パチャ……バチャ……という水を叩くような音が聞こえてきたのです。

（ん？　何だ……）

田舎ですから、野生の小動物の一匹くらいいてもおかしくはないので、最初は田んぼに山から下りてきた狸辺りでもいるのかなと、そう思ったんですけど、それがどうも違う。

パチャ……パチャ、バチャッ……！

足を止め耳をすませながら聞いていると、その不審な音は少しずつ自分のいる方向へ移動してきているのがわかりました。

（何だマジで……。こっち来てんのか？）

こういうとき、人間って不思議なもので、無視して逃げれば良いのにそれができないんですよね。

得体が知れない怖さは感じているのに、好奇心と言うのか、恐いもの見たさが勝って動けなくなっちゃうみたいな。

それに、もし今動いたら、もっと怖い思いをするのではという根拠のない不安も湧き上がってくる。

私は足を止めたまま、ただジッとその音に意識を集中していたんですが、段々と音が近づくにつれてもう一つ、聞こえてくるものがあることに気がついたんです。


ウ……ッ……ウゥ……アァ……。

呻くような、男の低い声。


それが田んぼの中から響いてきて、私はそのときになってやっと自分が異常な事態に遭遇しているのではという危機感を抱きました。

月明かりに照らされる田んぼには、人影は一切見当たらない。

それでも、水音と呻き声だけは近づいてきている。

これは一体何なんだろう。誰か、自分のように祭りの帰りにここへ来て、後から来る人を驚かせようとでもしてるのか？

だとしても、どこに隠れて……？

自分の身に起きている事態が全く把握できず、ただ首だけをキョロキョロと動かす私の目に、田んぼに植えられた稲が不自然な揺れ方をしたのが映りました。

「……？」

何だ？　そう思いながら凝視していると、どうやら水音も呻き声もそこから発せられているのだと察しがついた。

何で、こんなとこから人の声が……。

ゾワリと背筋に冷たい感覚が走り、ゴクリと喉が鳴る。

そうして、水面を叩く音ももはやはっきりと耳に届き、稲穂の揺れが田んぼの端、私のすぐ目の前まで迫ると――。

ベチャッ……という、一際大きな音と共に稲穂の中から現れたのは、小刻みに震える細い人間の腕。

「――ひっ！」

思わず短い悲鳴を上げ後ずさる私へすがり付こうとしているのか、その腕は踏ん張るように地面へ手のひらを付け、ゆっくりと伸ばした肘を曲げていく。

（な、何だ……。何だよこれ！）

私は金縛りにあったみたいに身動きが取れなくなり、視線すらその腕から逸らせなくなってしまう中で、稲穂の奥に隠れていた腕の正体がズルリとその姿を露にした。

「――う、うわぁぁぁ！」

田んぼの中から現れたのは、左腕と下半身が千切れたみたいに無くなった、男の上半身。

まるで助けを求めるように呻き声をあげながら、必死に右腕だけを動かしてこちらへ這い寄ろうとするそのおぞましい姿に、私は大声を上げながらその場を逃げ出してしまいました。

結局、写メや動画を撮影する余裕もなく逃げ出してしまった私は、この体験を友人へ話しても信じてもらえず、未だに作り話だろうと馬鹿にされ続けています。

ですが、これは間違いなく現実に私が体験した出来事なのです。

後になって聞いた話ですが、あの場所で事故死した男性は頭を強打したことが直接の死因で、身体が裂けるほどの外傷は負っていないはずだと地元の知人に教えてもらいました。

ならば、あの日私が見た上半身だけの男は何者だったのか。
今もまだ、あの場所で夜な夜な助けを求め這い続けているのか。
それは七年の歳月が過ぎた今も謎のままで、真実は闇の中に埋もれています。

見られている

ヨモツヒラサカ

「お待たせ。優香。久しぶりぃ、元気だった？」

優香は、中学の頃からの親友で、高校は別々になって疎遠にはなり、会うのは本当に久しぶりだった。


「まあね、恵理子も相変わらず、元気そうでよかった」

「優香から連絡が来た時は、本当に嬉しかったよ。だって、優香、電話番号変えて、ぜんぜん連絡取れなかったから」

「ごめんごめん。つい忙しくて言いそびれちゃって」

「それにしても、暑いね〜。ちょっと、あの喫茶店にでも入らない？」

「うん」

その日は、じめじめと湿気が高く、おまけに気温も高くて今にも雨が降りそうだった。


「いらっしゃいませ。ご注文がお決まりになりましたら、お呼びください」

「優香、何にする？」

「私はアイスコーヒーでいいわ」

「じゃあ、私も。すみませーん」

「お決まりになりましたか？」

「アイスコーヒー二つください」

「えっ？　……かしこまりました」


ウエイトレスの女性が、一瞬怪訝な顔をしたのが気になった。

「あれ？　優香、私変なこと言ったっけ？　あのウエイトレスさん。え？　って言ったよね」

「ううん、何も変じゃないよ。たぶん、聞き逃したんじゃない？」

「ちゃんと注文通りくるかなあ。大丈夫かな、あのウエイトレスさん」

「まあ、暑いから。みんなボンヤリしてるんじゃない？」


私はさほど気にせずに、話を続けた。


「そうかもね。ところで、急に連絡くれたってことは、ついに、彼と……。結婚？」

「……んー、そういうわけじゃないけど」

「なあんだ、私はてっきり優香が高校から付き合ってる彼と結婚するのかと思ったのに」

「うん、なんだかね。急に恵理子に会いたくなっちゃってさ」

「嬉しい！　私も久しぶりに優香に会えてよかった！」


そんな話をしていると、ウエイトレスの女性が私達の前に、アイスコーヒーを二つ置いた。

「お待たせしました」

「どうも～」

「ねえねえ、ちょっとあのウエイトレスさん、チラチラ私のほうを見るんだけど」

「ん？　恵理子の気のせいじゃない？」

「ウエイトレスさんだけじゃないよ。なあんか、周りの人に、すっごく見られてる気がする」

「被害妄想だよぉ、恵理子。それよか、恵理子のほうはどうなの？」

そう促され、私は待っていたかのように、惚気話を始めた。

「えへへ、実は、私にも彼氏、できちゃいましたー」

「そうなんだぁ。ねえねえ、どんな人？」

「んーとね、たまたま先輩の結婚式で出会ったんだけどさ。何か意気投合しちゃって」

「へえ～、そんな出会いもあるんだね」

「うん、その日のうちに、すぐに連絡先を交換して、一ケ月くらいで付き合うようになったの。付き合い始めてちょうど一ヶ月目だよお」

「じゃあ、今、ラブラブだね」

「えへへ、そうなのお。彼ね、背が高くて、学生時代は野球やってたんだって。色が黒くてさ、歯が真っ白なスポーツマンタイプ」

「そうなんだ」

「そういえば、優香の彼も野球やってたよね。私は、高校が別だったから優香の彼は見たことなかったんだけど」

「そうだよ。色が黒くて、歯が真っ白なスポーツマンタイプ」

「え、本当に？　じゃあ、私の彼と同じタイプだ。……ねえねえ、ちょっと。前のボックス席、子供がずっと私のこと見てるんだけど」

「えっ。ほんとだ」


私は、女の子に笑顔で手を振ると、女の子は不思議そうに首をかしげた。

「ねえ、私の顔、何かついてる？」

「ううん、何も」

「何かさあ、この店のお客さん、こっちチラチラ見てくるんだけど」

「恵理子の気のせいじゃない？」

「そうかなぁ」

「そうだよ。で、彼とは結婚するつもり？」

「まだわかんないよぉ、そんなの」

「そっか。私は……彼とは別れたの」

「……えっ？」


意外な優香の答えに、私は言葉に詰まってしまった。

優香から、高校時代に、いやというほど惚気話を電話やメールで聞かされていて、私はてっきり高校を卒業したらすぐに結婚するのではないかと思っていたほどだったのだ。

「彼ね、他に好きな人ができたみたいで。一ヶ月前に別れを切り出されちゃって」

「……まさか、その彼の名前って……。あ、着信が。ちょっとごめんね、優香。

もしもし、みなみ？　久しぶりぃ。元気？　どうしたの？　泣いちゃって。

何かあったの？　え？　何？　……優香が死んだ？　冗談でもそんなこと言わないでよ。

自殺？　死後一ヶ月経ってたって……そんなバカな。だって、私、今優香と……。

あれ？　優香？　どこ行っちゃったの？」

みなみからの着信が入り、電話に夢中になっている間に優香は目の前から忽然と姿を消していたのだ。

「ねえねえ、おねえちゃん。一人で何はなしてるのぉ？」

前のボックスの女の子が、不思議そうに話しかけてきた。

えっ？　一人って。だって、今まで優香がここに。

「しぃ！　見ちゃだめ！」

女の子の母親と思しき女性が、女の子を咎めた。

「だって、おかあさん、このおねえちゃん、だあれもいないのに、ひとりで、ぶつぶつ言ってるんだもの」

うさぎとにんじん

松本エムザ

　M子とは、月イチのペースで会って、飲んであれこれ語り合う仲が、大学卒業以来五年ほど続いている。一年ほど前、長年付き合っていた恋人に手酷い振られ方をしたM子は、しばらくの間相当に落ち込んでいたのだが、ここ数カ月はやけに機嫌がいい。

　その日も、ワインを空けて上機嫌のM子に、

「最近やけに元気よね。『新しい彼』でも出来た？」と尋ねたところ、

「そんなんじゃないよ。ただちょっと、いいストレス解消法を見つけたって感じかな？」

　そう素っ気なく答えると、M子は新しいワインを頼もうと、メニューに顔を向けてしまった。

話したけりゃいつか自分から話すだろう。とりあえず、M子が今幸せならそれでいいと、私も話題を切り替えた。

「ところで、この間のウサギ小屋の事件、どうなったの？」

先ごろ、M子が英語教師として務める私立中学で、飼育中のウサギが何者かの手によって惨殺されるという事件が起きた。学校側のもみ消しで、マスコミはさほど騒ぎ立てなかったが、殺されたウサギは、耳をもがれたもの眼をくりぬかれたもの内臓を掻きだされたもの、その全てが極めて惨たらしい状態であったと言う。

「ああ、アレね。実はあのあと三回もやられてさ、可哀そうに、学校のウサギ全滅よ」

「いやだ、犯人はまだ見つかってないの？」

「うーん、ウチの生徒の仕業じゃないかって言われているけどね。ホラ、ウチの学校進学校じゃない？　受験勉強でストレス溜まっている子とか多いからさ」

「こわっ。でもさ、犯人絶対呪われると思うよ」

「それがさ、この間ある保護者が半狂乱で学校に電話掛けてきちゃってさ、『ウチの子の眼が赤いんですけど、殺されたウサギの祟りなんじゃないでしょうかっ⁉』とかパニクってんの。違うって、その日は水泳の授業があったから、眼が赤くなっただけだっつぅの。笑えるでしょ？　『ウサギの祟り』だなんて、『キツネ』とかだったらまだしもさ」

そう言って、大笑いするM子の口元に、私の視線は釘づけになった。

M子？　貴女の前歯って、そんなに出ていたっけ？　それにその赤い目……、ううん酔っているだけだよね？　……ねえ、貴女の耳、気のせいかな？　なんだか長くなっていない？

一気に酔いが冷めていく頭の中で、幾つもの疑問符が廻っていた。

「M子、貴女の言う気分転換って……」

私の声が聞こえているのかいないのか、M子は美味しそうに野菜スティックのニンジンを、ポリポリといつまでも齧り続けていた。

狗賓様

Gacy

「あれはなぁ……おばあちゃんが、あんたより、ずっと、ずっと小さかった頃の話だよ……。

おばあちゃんのおじいちゃんはねぇ、群馬県と栃木県の境目くらいで、山から石を切り出して街の建物とか、お墓とか、そうゆう石を売ってお商売をしてたんだよ……御影石ってゆう、白と黒の模様の石で、おじいちゃんのとこの職人さん達も腕がよくて評判がよかったんだよ……。

その頃の家は赤城山って山のもっと奥の……すごく山奥だったけど、お金持ちだったんだよ……東京の、ほらっ……銀座の有名な建物の玄関の石は、おじいちゃんが山から切り出した石なんだよ……ツルツルでピカピカしてたてねぇ……。

その頃、外国のお菓子を食べてたのは、おばあちゃんの家くらいだったたんだから……フランスのお人形を持ってたのも、おばあちゃんの家だけだったよ……村のみんなに羨ましがられてねぇ……おばあちゃんも鼻が高かったのよぉ……。

今でもご先祖様のお墓は、群馬県のねぇ……足尾銅山の近くにあるんだよ。渡良瀬川の近くにねぇ……もう、何十年も行ってないけど……もう一回くらい行きてぇなぁ……お線香あげてお墓を綺麗にしたいねぇ……」


僕は、背中をまるめて小さくなってお茶を飲みながら、ぽつり、ぽつりと、休み休み話すおばあちゃんの話を聞くのが好きだった。

時々、僕の頭を優しく撫でてくれるしわしわの手も好きだった。おばあちゃんの服からは、いつも〝にほい袋〟のいい匂いがした。

僕はおばあちゃんの近くに座って、いつも可愛がってもらっていた。

僕以外、誰もおばあちゃんの話を聞いていなかったけど、僕はおばあちゃんの話に夢中になっていた。

おばあちゃんはいつも眠そうにしながら、ぽつり、ぽつりと、自分が子供の頃の話を聞かせてくれた。

「おばあちゃんがねぇ……あんたより、小さかった頃はねぇ……いっつも山や川で遊んでたんさぁ……。

でなぁ……おばあちゃんがお隣りのよしこちゃんと一緒に川で遊んでたらなぁ……近所の浩史って悪ガキがなぁ……河原で小さなタヌキみてぇな、変な生き物を捕まえたって大騒ぎしてたんよぉ……。

でなぁ……おばあちゃんたちも興味があって見に行ったら、麻紐で括られた、小さな小さな獣が変な声で唸ってたんよ……もう……おっかなくて、おっかなくて……タヌキっていうより、黒っぽくて、目がデッカくって……なんか、見たことのねぇ生き物だった……」

おばあちゃんは、お茶を飲み、一息つくと遠くを眺めるようにして、しばらく動かなかった。

「あの、生き物なぁ……浩史が捕まえたヤツなぁ……何度思い出しても、タヌキじゃねえんだ……全然違うって、よしこちゃんも言ってたし、おばあちゃんも違うってすぐわかった。

目がギョロギョロしてて、おっかねぇ声で鳴きわめいていてなぁ……。

あの日から、夜、便所に行くのも怖くなってなぁ……。

でな、浩史が捕まえた、あれなぁ……村で大人たちが大騒ぎになったんだ……」

おばあちゃんはお茶をすすりながら、いつもテーブルの上に置いてある、おばあちゃんのお気に入りの漬物を爪楊枝で刺し、ゆっくりと口に入れてからモゴモゴと口を動かした。

僕は黙っておばあちゃんが口をもぐもぐしているのを見ていた。

時々、おばあちゃんが僕にも漬物を食べさせようとするけど、僕はにおいが嫌いで絶対に食べなかった。

「ほんでなぁ……あの獣を捕まえてから、しばらくして浩史の家が火事になっちまってなぁ……全部、燃えちまった。

村のみんなも浩史が山神様を捕まえたからだとか言ってなぁ……。

もう、みんなおっかなくてビクビクしてたんよ……」

僕は、おばあちゃんの話をじっと聞いていた。

「おばあちゃんが最後に浩史に会ったとき、浩史が十三歳くらいだっけ……浩史がなぁ……おばあちゃんに教えてくれたんだけど、あの獣はタヌキじゃねぇ……狗賓様《ぐひんさま》っちゅう、山神様の一番下っ端っちゅうか……天狗様の使いっ走りっちゅうか……見た目がおっかねぇ獣だったんだけど、人が手を出しちゃいけねぇお方だったんよ……タヌキくらいの大きさだったけどなぁ……。

浩史は馬鹿たれだったから、山に住む言い伝えを破っちまいやがった……たぶん、浩史は知らんかったんだろうけど……おばあちゃんも知らんかったし……。

ただ、狗賓様を捕まえちまったもんだから……村の大人たちがパニックになったっちゅうのも分かるわな……。

それからだ……村に飢饉が訪れて、畑は駄目になるし、獣は捕れなくなるし……みんな狗賓様か山神様を怒らせちまったって……でも、浩史の家のもんはみんな村を出ていなくなっちまってたしなぁ……。

すぐに少しずつ村から人がいなくなって、村に誰も近寄らなくなったもんだから、国がダムを造るってなって、村がダムの底に沈んじまったんだよ……。

その頃から、おじいちゃんの商売もうまくいかなくなってなぁ……まあ、中国から安い墓石が輸入されるようになったり、色々あったんだけど、他の石屋が元気なときに商売を辞めることになったんだよ……でなぁ、仕事を辞めたおじいちゃんはすぐに逝っちまったんよ……」


おばあちゃんは日向で横たわる黒猫のミーコを眺めなら、お茶をすすった。

「おばあちゃんはなぁ……あの村の生き残りでなぁ……いまでも狗賓様のお怒りを許されておらんのよ……。

浩史のところは、最初に全員逝っちまった……子供たちは十五になる前に……大人たちはみんな子供がいなくなると追うようにして逝っちまった……。

他の村人も、ほとんどが若くして逝っちまった……。

じいさまやばあさまは、まあ寿命まで生きたんじゃないかなぁ……狗賓様も年寄りは見逃してくれたんだろ……。

あの頃、おばあちゃんはまだ子供だったから、怖かったなぁ……。

なんで、おばあちゃんが齢をとってもピンピンしてるのか、あんたには教えておいてやらんとなぁ……。

もう……おばあちゃんが、あの村の人間で最後の一人なんよぉ……。

随分と長生きできたなぁ……」


僕は急に怖くなった。


「黒猫……黒猫が家にいると狗賓様が近づいてこないんだよ……なんでかは知らんけど……ほんとうに偶然……たまたまうちで飼っていた猫が黒猫だったんだ……。

狗賓様が近くにいるのは感じてるんよぉ……いっつも見られているのも分かってる……。

だから、うちにはたくさん猫がいるけど、必ず黒猫がいるんよぉ……狗賓様が寄って来ないようになぁ……」

おばあちゃんは皺くちゃになった手を広げて、まるで掌《てのひら》になにか書いてあるかのように眺めていた。

時々、おばあちゃんが両手を広げて、まるで鏡でも見ているかのように掌を眺めていることがあった。それが、おばあちゃんの癖だと思っていた。

僕はおばあちゃんを眺めながら、話し始めるのを待っていた。

おばあちゃんは掌を覗き込むように眺めながら、ゆっくりと深呼吸をした。

「あ……」

おばあちゃんは小さくつぶやくと、ゆっくりと手を閉じて静かに外を眺めた。

静かな時間だった。その間、僕はおばあちゃんをずっと眺めていた。

「そろそろ……だねぇ……ずっと、みんなが……村のみんなが、ずっと待ってるから……おばあちゃんも、そろそろみたいだよ……長生きしすぎちゃったかもしれんねぇ……。

ミーコも齢を取りすぎちまったんだろうね……昔は艶やかで濡れたように真っ黒だったけど、もう白髪も生えて、ところどころ白いところもあるからねぇ……。あんたたちの世話をする人がいなくなっちゃうねぇ……いちおう、施設の人には伝えてあるけど、みんな一緒に生活はできなくなっちゃうよ……ごめんねぇ……。みんなのことだけが、心配だよ……」

おばあちゃんは、ミーコを抱き寄せて体を撫でていた。

どれくらい時間が経ったか分からなかったが、日が落ちて辺りが暗くなっていた。

おばあちゃんが何度も何度も猫たちを抱きかかえ、撫で、耳元でぼそぼそと何かを伝えていた。

そして、そっと僕の頭をしわしわの手で撫でた瞬間、大きな黒い、嗅いだことのない異臭を放つ毛むくじゃらの何かが、おばあちゃんの小さな頭を丸呑みにした。

おばあちゃんの身体がぐにゃりと歪んだかと思うと、首のなくなったおばあちゃんの身体が前後左右にぐらぐらと動いていた。

僕もミーコも、そして他の猫たちもまったく動けなかった。

おばあちゃんの頭を丸呑みした黒い毛むくじゃらは、僕たちを無視したまま、ゆっくりとおばあちゃんの身体を包み込むと黒い煙のようになった。

僕たちは黒い煙に包まれたおばあちゃんの身体が黒い毛むくじゃらの何かに連れ去られていくのを黙って見ているしかできなかった。


僕たちは家の中で、ただただ黙ってじっとしていた。


何日か経った頃、見たことのないおばちゃん達が家にやってきた。

みんな動いたらお腹が空くことはわかっていた。だから、みんなで丸くなって部屋の片隅でひとつになって動かない様にしていた。

見たことないおばちゃん達は、おばあちゃんの家を見てまわってから、何日も前に空っぽになったお皿にご飯を入れてくれた。

おばちゃん達がおばあちゃんの名前を呼びながら家の中を捜していたが、どこを捜してもおばあちゃんの姿はなかった。

やがて、知らないおじちゃん達もやってきて、おばあちゃんの名前を叫んでいた。おじちゃん達は、家の周りに生い茂った草をカマで刈りながら、おばあちゃんの名前を呼んでいた。

僕もミーコも、他の猫たちも必死に食べた。

おばあちゃんが消えたことは分かっていた。黒い毛むくじゃらに連れて行かれたことも分かっていた。

悲しいとか、寂しいとか、そんな感情はなかった。

急いで食べたから、ミーコが何度かゲロを吐いた。ゲロを吐いて、またすぐにご飯を食べ始めた。

僕たちは、ただただ空腹を満たすことだけを考えて必死に食べた。

僕たちはずっと前から分かっていた。

天井から毛むくじゃらの黒い影が僕たちをジッと見つめていたことを。

お悔やみ様

鷺原ふみ

夏というのは、大概の人間が避暑を求めます。

それが日中のプールや海、または川辺のバーベキューなんかでしたら、私も楽しんで参加する気になったかもしれません。

けれど高校一年の夏休み、クラス親睦と称したイベントは学校に届けを出して教室に宿泊。

それも夜半に百物語をやろうといったものでした。

担任はまだ若くしかもノリの良いアラサー男性だったので、保護者としてイベントに同行することを快諾。

ここで担任が却下してくれていたら、と未だに思います。

もちろんクラス全員参加です。強制されなくても、ここで不参加の意を唱えたら教室で「空気」になってしまうのは目に見えていますから。クラスのカースト上位が面白がって企画することに、私達下位の人間は笑顔で頷くしかありません。

クラスは三十八人でしたので、一人三つは話を用意して、三回目はランダムで出席簿で指して話す。話すの二回になる人もいるから、聞いてもらいたいやつは二回目までに発表しちゃった方がいいよーとの事でした。

もちろん火はダメと釘を刺されましたので、代わりにキャンプ用の蝋燭《ロウソク》型ＬＥＤを用意し、話し終えたら明かりを消す。といった雰囲気だけのものになりました。

当日までの宿題として三つ、発表する怖い話を考えなくてはなりませんでした。

みんな一つ目は自分が体験した心霊体験を、二つ目はよくある怪談話をリメイクしたものを考えているようでした。

三つめは当日の空気で創作して乗り切ろう、と考えている人が多かったです。

その日を迎え、夜の十九時に学校に集合しました。

夜の学校というのはとても不気味で、誘導灯がやけに恐ろしく見えるものですね。

みんな思っていたより空気に呑まれていて、教室に集合してもなかなか始めようとはしませんでした。

けれどクラスの誰かが「早くしないともっと怖い時間帯になっちゃうと思う」と口火を切り、やっと出席番号順で百物語を始めました。

最初は実体験を元にしていたので、どれもリアリティがあって怖かったです。

けれど二巡目になるとどこか聞いたような創作物ばかり連続して、みんな空気に慣れたのもあって正直ダレていました。

三巡目になり、九十五話目に出席簿で指名された「篠崎みさき」さんは、私と同じ地味な女子でした。

彼女は一回目と二回目、どんな話をしていたっけと考えていると、不意に「私の祖母が住んでいる集落の因習、お悔やみ様を話します」と語り始めました。

「私の祖母の集落では、集落みんな一つの家族、という考え方でした。

もちろん困ったことがあったら気軽に助け合いますし、

誰かが亡くなると集落総出で葬式の準備をしました。
最近は知りませんが、私が幼少の頃は大きい樽のような桶のような……
そんな物に死者を入れ、大人が数人で担いでお山の麓の土葬場に運ぶ習わしでした。
先頭にはお坊さんが歩き、名前は分かりませんが鈴のようなものを鳴らして……
そこまでは古臭いけど普通の田舎の光景です。
葬式の様子を、私はボーと眺めていました。
そもそも集落の人間ではないですし、骨を拾うことも無かったので退屈でした。
【お悔やみ様】を川に流すよう祖母に言われるまでは……
お悔やみ様というのは、死者が寂しくないよう供養する儀式だと説明されました。
自分の名前を書いて唾液をつけた人形《ひとがた》を、土葬場の脇を流れる小川に流すのだと。
大人が一斉に人形《ひとがた》をベロリと舐める姿は異様でした。
私は死者と一緒に自分の人形《ひとがた》を流すなんて、恐怖しか感じませんでした。
赤い人形《ひとがた》が次々と川を流れ、まるで血のようで……
私は流したフリをして、人形《ひとがた》をポケットに隠し、その場をやり過ごしました。

大人達にバレることなく、そのまま夜を迎えました。

父も母も弟もぐっすり眠っていて、私だけどうしても寝付けず……水を飲もうと台所へ向かった時でした。玄関を叩く音が聞こえたんです。もう家族はみんな寝付いているし、今日みたいに夜中に近い時間です。私は最初風の音だろうと、無視して台所へ行きました。水を飲んだら少しスッキリしたので、布団に戻ろうとまた玄関の近くを通りました。するとの今度は人の声がするんです。

「きしもとさーん……きしもとさーん……」って。

岸本って、母方の……祖母の苗字なんです。

こんな時間に本当に知り合いが来たのかもって思って、慌てて祖母を揺すって起こしました。

「玄関でお祖母ちゃんを呼んでる人がいるよ」って。
祖母を玄関まで連れてくると、変わらず「きしもとさーん」って呼んでいて。
その声に思い当たったらしい祖母は、私に向き直って言いました。
「人形《ひとがた》を流さなかったね？」って……。
驚いて、怖くて。ごめんなさい、と隠してた人形《ひとがた》を祖母に差し出しました。
祖母は「泣かないの」と人形《ひとがた》を受け取ると「布団に戻りなさい」と……
これ以上祖母を失望させるのが怖く、私は客間に飛び入り布団を被りました。
祖母が玄関で話している声が微かに聞こえてきました。
「ええ、寂しくないわ……私が……」
その途切れ途切れの言葉を聞きながら、私はいつの間か眠っていました。

翌日目を覚ますと、祖母はいませんでした。祖母が早朝に山登りをしに行って山菜などを採りに行ってしまうのはいつものことなので、

帰る日は挨拶しないまま別れるのは通例でした。

車に乗り込んでから私は親に、人形《ひとがた》を流す意味を恐る恐る聞きました。

母は「人形《ひとがた》は死者を慰めると同時に、私は生きているから連れて行かないでってそんな意味があるって聞いたことがあるわ。昔お悔やみ様をやっていなかった頃は、夜中に死者が知人の家を歩き回って一緒に連れていこうとしたんだって……。お悔やみ様をするようになってから、そんなことなくなったって聞いたけど」

本当には信じてなさそうな口調で、母はそう答えました。

その時母のケータイが鳴り……私達は祖母の家に引き返すことになります。

祖母が土葬場の川で見つかったんです……遺体となって……。

私はそれからその集落には一度も行っていません。

何故なら集落の老人達には【祖母殺し】として認識されていますから。


これで九十五話目を終わりにします……」


篠崎さんがそう言って明かりを消すと、みんな金縛りが解けたように一斉に教室から飛び出していきました。

慌てて先生が追っていきました。


「……途中で終わっちゃだめなのに。二人で終わらせようね……」

私は篠崎さんに肩を掴まれ、そう囁かれました。

頷くしかありませんでした。私は明かりを渡されました。

……みんなが教室を飛び出して行ったの、大袈裟だって思いますか？

でも、二人だけの教室なのに、みんながいる時より息づく気配……多いんです。

……ミンナ、私と篠崎さんの百物語を心待ちにしているようです……。

検証

酒解見習

もしもし、井上？　おれ、坂田。こんな時間にごめん。起こしちゃった？　ああ、起きてたの。そんなら良かった。

久しぶりだけど元気か？　高校卒業以来だよな。俺たち地元組はこっちでくすぶってたけど、お前は無事東京の大学に進学出来たんだから、勝ち組ってやつだな。羨ましいよ。どう、そっちの生活は？　特に変わったことも無い？　順風満帆か。そうか……それは良かった。

実はさ、おれ、大変なことをしちゃって……それがだんだん怖くなってきて、どうしても誰かに話さなきゃいられなくってさ、それでお前に電話しちゃったんだ。ごめんな。うん、今から話すよ。

何かって言うとさ、例の廃病院の噂、お前も覚えてるだろ。そう、俺らの高校に〝一応〟伝わってた都市伝説な。夜中にあの病院の手術室に入って、壁に名前を書いて帰ってくると、呪いがかかって三日後に死ぬってやつ。ひねりも何も無くて、クソ面白くもないから、都市伝説っつーか殆どベタな冗談みたいにみんな思ってたよな。この話をすると、話した奴が馬鹿にされたもんだ。頭出ししただけで、「はいはいご苦労さん、はい、次！」みたいな感じでな。

だけど、結局あれは冗談じゃなかったんだよ……。

お前が東京に行っちまった後、俺と吉沢と加藤で、よくつるんで遊んでたんだよ。特に目新しいこともなくダラダラ過ごしていたんだが、ある晩、加藤が酔っぱらった勢いで「よし、あの廃病院の秘密を俺が暴いてやる！」とか言いだしたんだ。その時は、俺も吉沢も完全にジョーク扱いで「おー、ここに勇者が現れたぞ！」「健闘を祈る！骨は拾ってやるぞ！」とか囃し立ててた。なにしろ、ベタな冗談くらいにしか思ってない話だから、俺も吉沢も、当然真面目に考えちゃいなかった。単なる酒の上でのジョークだと思ってたし、今から一緒に行こうかなんて話にもならなかった。そもそも病院から離れた場所で飲んでて、その場に車も無かったし、飲んじまったら暫く運転も出来ないしな。その場はそのまま馬鹿話して終わった。

そしたら、その次の日の夜中、加藤からラインが入った。あいつ本当に行ったんだよ。薄汚れた手術室の壁に、太い赤マジックであいつの名前が書かれていて、ご丁寧にそれをバックにドヤ顔で自撮りしてやがった。その時は実行した加藤の好奇心というか、物好きさに思わず笑っちまったよ。俺も吉沢も「お前、どんだけヒマなんだ！」「勇者、字が汚ない！」とか茶化していた。

その三日後、あいつは死んだ。

自宅近くのコンビニから出て来たと思ったら、そのまま信号無視で道路を渡り始めて、走って来たトラックに轢かれたんだ。運転手はブレーキを踏んだが、間に合わなかった。歩きスマホしながらコンビニを出て来たという目撃証言もあって、主な原因はあいつの不注意ということになった。


それから一週間ほど経った後、今度は吉沢が同じことをすると言い出した。

「加藤は歩きスマホのせいで事故にあったという話になったけど、本当にそうか？もしあいつが死んだのが呪いのせいだと証明されたら、少なくともあいつの名誉を回復することになるじゃないか」とか、妙な理屈をこねだしたんだ。

何度も言うが、そもそもがベタ過ぎる都市伝説で、冗談にしてもつまらんような話だろ？　だからこそ、俺としても真剣に止める理由は見つからなかったんだ。「まあ、お前の気が済むんならやってみれば？」みたいな言い方で受け流したよ。そして俺に宣言してから二日ほど後の夜、あいつから自撮り写真が送られてきた。あいつは例の手術室に行って、加藤の名前のすぐ隣に、黒いサインペンで自分の名前を書いていた。にやけていた加藤の写真と対照的に、吉沢は思い切り緊張した面持ちだったよ。何だかこっちまで緊張して、茶化す気分にもなれず、「了解。早く撤収しろよ」とだけ返した。

そして、その三日後、吉沢も死んだ。

自宅マンションの中庭で転落死しているのを発見されたんだ。遺書は無く、家族も自殺する動機は見当たらないということで、事故死だろうということになった。

結局、加藤も吉沢もあの都市伝説の言った通り、名前を書いて帰ってきてから三日後に死亡したわけだ。

知らなかっただろうが、そういうことが有ったんだよ。お前、東京に行ってから、疎遠になっちまったからな。いや、別に責めてるわけじゃないんだ。ああ、そうそう、電話したのは、俺がしでかしたことの話だったな。そう、もうわかるだろ。俺も同じことをやりに行ったんだ。あの病院に行って、名前を書いてきた。一昨日の話だ。

なんでそんな馬鹿な事をしたか？　うーん、どうしても確かめたかったからだとしか言いようがないな。本当に呪いのせいであいつらは死んだのか。ただの偶然の可能性もあるし、結局呪いは有るのか無いのか、相変わらず得体が知れない、もやもやした状態じゃないか。とにかくあいつらのことを思うと、こんな風にもやもやしたままで終わらせられない気がしてさ。呪いがどういうものか、はっきりさせないとあいつらも浮かばれないんじゃないか、そんな風に考えたんだ。

そして、もう一つ、俺なりにはっきりさせたいポイントが有った。

ほら、昔の人は、基本的に自分の本名を隠してたって話があるだろう。本名を知られると、それに呪いをかけられるから、普段は隠しておいて、日常生活では通称を使ってたってやつ。それとか、子供時代は魔に取りつかれやすいから、うんことか、わざと汚いものの名前で呼んで悪いものに興味を持たれないようにしてたとか。呪いは名前にかかるって考え方は、遠い昔から有ったんだよな。

この呪いも、廃病院で名前を書いた〝行為者〟じゃなくて、ひょっとしたら〝名前〟そのものにかけられるのかもしれん、と思ったんだ。もしそうなら、俺が自分以外の人の名前を書いたらどうなるんだろう……そう思うと、どうしてもそれを検証したくて、たまらなくなっちまった。

ということで、俺は一昨日の夜、あいつらの名前の横に、お前の名前を書いてきた。

何故って、自分の名前書いたら、〝行為者〟が呪われるのか、〝名前〟が呪われるのか、わからなくなっちまうだろうが。だから、お前の名前書いたんだ。何ぎゃーぎゃー喚いてんの？　いいじゃん、こんなのどうせ出来の悪い冗談なんだから。ま、そんだけでかい声が出るんなら、今の所はお前も元気だってことだろう。生き残るのはどっちだろうな……どっちにしろ、明日にははっきりするってわけだ。なあ、何だかテンション上がって来ない？　ゾクゾクしてくるよなあ、ひひひひ。

じゃ、また明日電話するよ、おやすみ。後で写真送るからな。
いい夢見ろよ。ひひひ。

エブリスタ

国内最大級の小説投稿サイト。

小説を書きたい人と読みたい人が出会うプラットフォームとして、これまでに200万点以上の作品を配信する。

大手出版社との協業による文学賞開催など、ジャンルを問わず多くの新人作家発掘・プロデュースを行っている。

http://estar.jp

千人怪談

2018年12月6日　初版第1刷発行

編　エブリスタ
カバー　橋元浩明（sowhat.Inc）
発行人　後藤明信
発行所　株式会社　竹書房
〒102-0072　東京都千代田区飯田橋2-7-3
電話03-3264-1576（代表）
電話03-3234-6208（編集）
http://www.takeshobo.co.jp
印刷所　中央精版印刷株式会社

定価はカバーに表示しています。

落丁・乱丁本は当社までお問い合わせ下さい。


ISBN978-4-8019-1673-9 C0193